WOLFSKREUZFAHRT

DIE GRANITE LAKE WÖLFE
BUCH 5

VIVIAN AREND

Dies ist eine erfundene Geschichte. Namen, Charaktere, Orte und Ereignisse sind entweder das Produkt der Fantasie der Autorin oder werden fiktiv verwendet, und jede Ähnlichkeit mit lebenden oder toten Personen, Geschäftseinrichtungen, Ereignissen oder Örtlichkeiten ist rein zufällig.

Nutzungsvorbehalt KI-Training: Die automatisierte Analyse des Werkes, um daraus Informationen insbesondere über Muster, Trends und Korrelationen gemäß § 44b UrhG („Text und Data Mining") zu gewinnen, ist untersagt.

WOLFSKREUZFAHRT
Copyright © 2024 Arend Publishing Inc.
ISBN DIGITALES BUCH: 978-1-990674-59-4
ISBN TASCHENBUCH: 978-1-990674-60-0
Herausgegeben von Anne Scott
Cover-Design von Croco Designs
Übersetzung: Anna Drago

1
______

Die wechselnden Farben von Sahne und Kaffee drehten sich wie ein hypnotisches Kunstwerk, während ein Dampffinger von der Oberfläche seines Getränks aufstieg. Jared Gilliland trank einen großen Schluck und wartete darauf, dass sich die Wirkung des Koffeins in seinem Körper entfaltete und sein Gehirn weckte.

Es gab nichts Schöneres, als eine belebende Tasse des schwarzen Gebräus zu genießen und dabei auf der besten Terrasse mit Hafenblick in ganz Haines zu entspannen. Er wandte sein Gesicht der frühen Julisonne zu, und Zufriedenheit breitete sich aus.

Okay, die Tatsache, dass er am Abend zuvor eine verdammt gute Nacht mit einem süßen jungen Ding gehabt hatte, hatte auch etwas mit der trägen Befriedigung in seinen Gliedern zu tun.

Das Leben war gut. Manchmal vielleicht etwas frustrierend, aber im Großen und Ganzen verdammt gut.

„Wenn ich es nicht besser wüsste, würde ich aus

deinem Gesichtsausdruck schließen, dass du was Interessantes erlebt hast."

Jared richtete sich aus seiner zurückgelehnten Position auf und bemerkte, dass sein Beta sich dem Tisch näherte. Der muskulöse Mann trug ein Tablett voller Tassen. Hinter ihm folgte ein Konvoi von Granite-Lake-Wölfen. Jared sprang auf und zog Erik einen Stuhl aus dem Weg. „Wer, ich? Was Interessantes? Das sagst du nur, weil es in neun von zehn Fällen wahr ist."

Erik lachte, als er das Tablett auf den Tisch stellte. „Das gefällt mir an dir. Ehrlich genug, um deine Fehler zuzugeben."

„Nun, ich habe nicht gesagt, dass es ein Fehler war – Kreativität ist eine meiner besseren Eigenschaften." Er nickte höflich Kyle und Robyn zu, den Rudel-Alphas, bevor er einen Blick auf den immer kleiner werdenden Raum um seinen Tisch warf. „Ähm, wolltet ihr, dass ich gehe?"

„Natürlich nicht." Kyle legte seine Hand auf Robyns Schulter, um sie für einen Moment zurückzuhalten. „Ich dachte, du hättest den besten Tisch hier ausgewählt, damit wir uns zu dir setzen würden. Es macht dir doch nichts aus, oder?"

Himmel, nein! Das war vielleicht kein so ruhiger Morgen, wie Jared es geplant hatte, aber es lohnte sich, auf ein bisschen Ruhe und Erholung zu verzichten, wenn man dafür Zeit mit den ganz Großen des Rudels verbringen konnte. „Überhaupt nicht. Nur zu. Ich habe einem nach dem anderen gesagt, dass der Tisch besetzt ist, damit wir Platz haben."

Stühle wurden herangezogen, Tassen und Snacks verteilt, und dann waren es sieben. Jared wäre vielleicht besorgter gewesen, wenn ihm nicht alle so gut bekannt gewesen wären. Von Kyle und Robyn bis zu Tad und Missy, die als Omegas des Rudels fungierten, hatte Jared in den letzten zweieinhalb Jahren voller Bewunderung zugesehen, wie sie innerhalb des Wolfsrudels daran gearbeitet hatten, es stärker zu machen.

Erik und seine Freundin Maggie – er hatte während des Wolfsäquivalents des *Amazing Race* Zeit mit ihnen im Wettkampf verbracht. Es war schwer, sich von jemandem einschüchtern zu lassen, mit dem er über Steine gekrochen und durch Bäche gewatet war.

„Wie steht es mit der Renovierung?" Kyle klopfte vor Maggie auf den Tisch. „Und bitte sag mir, dass du nicht immer noch versuchst, die Teslin-Brüder dazu zu bringen, die Klempnerarbeiten für die neue Küche endlich fertigzumachen."

„Hey, sie sind gut in ihrem Job. Sie waren in den letzten paar Wochen nur ein bisschen abgelenkt." Sie schüttelte den Kopf und zeigte auf Erik. „Es ist seine Schuld."

„Meine?"

„Deine. Du hast dem Auftragnehmer des Kreuzfahrtschiffs erlaubt, den Saal im Rudelhaus für Interviews zu verwenden. Ich kann es den Jungs nicht verdenken, dass sie sich ablenken lassen, wenn dauernd ein Strom gutaussehender Wölfinnen durch –"

Jared sprach, ohne nachzudenken. „Gutaussehende Wölfinnen?"

Lautes Gelächter umgab ihn, und er könnte für einen Moment rot geworden sein. Sein wohlverdienter Ruf eilte ihm voraus. Er lächelte verlegen und trank einen Schluck Kaffee. Als er seine Tasse abstellte, sah er Robyns strahlendes Lächeln direkt gegenüber.

Sie hatten sich automatisch so gesetzt, dass sie ihre

Gesichter leicht sehen konnte. Ihre Fähigkeiten im Lippenlesen hatten sich nicht verändert, als sie ein vollwertiger Wolf geworden war, aber irgendwie war ihre Taubheit ein noch geringeres Hindernis geworden. Sie hatte ein unheimliches Talent, Leute zu analysieren, was es ihr erlaubte, sich problemlos in die Gemeinschaft der Hörenden einzufügen. Natürlich könnte ihre Bereitschaft, jeden Wolf, der aus der Reihe tanzte, notfalls mit Gewalt zurechtzuweisen, auch erklären, warum sich das Rudel in ihrer Nähe weiter von seiner besten Seite zeigte.

Robyn sprach in Gebärdensprache mit ihrem Gefährten, und Kyle lachte noch lauter. „Das denke ich auch."

Jared beugte sich vor. „Was? Das habe ich nicht verstanden."

Kyle gestikulierte mit seiner Tasse Jared zu. „Sie hat sich gefragt, warum irgendjemand von uns überrascht ist, dass die Erwähnung von gutaussehenden Wölfinnen deine Aufmerksamkeit erregt hat. Du hast die erstaunlichsten Dates angesammelt, die ich je gesehen habe. Und bevor ich Robyn begegnet bin, hatte ich auch eine ganze Menge ..."

Er verstummte, als sie die Arme verschränkte und ihr Gesichtsausdruck sich wenig subtil veränderte. Jared unterdrückte ein amüsiertes Schnauben.

„... hatte ich alle möglichen Probleme, eine gute Frau zu finden, mit der ich Zeit verbringen konnte." Kyle faltete die Hände vor sich und legte seine großen Fäuste auf den Tisch. Er lächelte Robyn unschuldig an – eher wie ein Vierjähriger und nicht wie einer der furchteinflößendsten Typen im gesamten Bundesstaat Alaska, in Menschen- und in Wolfsgestalt. „Es gab einfach niemanden, der meinen hohen Ansprüchen gerecht werden konnte. Ich habe ein trauriges und einsames Leben geführt, bis du in meine Welt gekommen bist."

Sie schmunzelte und tätschelte seine Wange.

Erik schüttelte den Kopf. „Wir werden alle die Tatsache ignorieren, dass du gerade dreist gelogen hast."

Maggie nickte, ihre blonden Locken wippten. „Das wäre doch weniger kompliziert, oder?"

Das Necken ging noch eine Weile weiter, und Jared genoss eine andere Art von Wärme als zu Beginn seiner Kaffeepause.

Das Rudel war Familie und seines hatte sich zu einem der Besten entwickelt, die es gab. Granite Lake hatte sich in den letzten Jahren zum Besseren verändert. Die Gruppe von Wandlern an seinem Tisch war mächtig genug, um selbst widerspenstige Wölfe in Schach zu halten, aber sie taten es auf eine absolut sympathische und unterhaltsame Art und Weise. Es kamen ständig neue Leute nach Haines, die dem Rudel beitreten wollten. Es war nicht mehr nur ein abgelegener Ort. Die Hafenstadt in Alaska hatte der neuen Generation von Abenteurern, die nach Norden zogen, eine Menge viel zu bieten.

Nicht, dass er sich nach Abenteuern sehnte. Nein. Das ruhige Leben war für ihn mehr als genug. Dachte er. Die Sehnsucht nach mehr ließ sich noch ein bisschen länger unterdrücken.

Jemand stieß ihm gegen den Arm. „Hast du schon einen Job für den Sommer gefunden?"

Jared rang mit sich, um sich aus seinen Gedanken zu reißen. Eine der ungeschriebenen Rudelregeln lautete: Arbeite, oder sie finden eine Arbeit für dich. Er hatte seine eigentlichen Geschäftsbeziehungen so lange geheim gehalten, dass alle dachten, das Prinzip gelte immer noch für ihn. „Natürlich."

Tad wartete.

„Na ja, streng genommen ist es an sich kein Job, aber ich habe versprochen, im Heritage Village zu helfen, während die Kreuzfahrtschiffe im Hafen liegen. Ihr wisst schon, sich schick machen und –"

„Die Touristinnen verführen? Oh, Jared, wann wirst du erwachsen?" Maggie schüttelte den Kopf, aber sie lächelte zu sehr, um wirklich verärgert zu sein.

Erwischt! Das war ein süßer Nebeneffekt. „Hey, glückliche Touristen sind gut für Haines. Ich denke, je glücklicher die Menschen sind, wenn sie unsere schönen Ufer verlassen, desto größer ist die Chance, dass sie zurückkehren."

„Und die kurzen Affären machen dir nichts aus, oder?" Alle Männer am Tisch starrten Maggie unverhohlen schockiert an. Sie verdrehte die Augen. „Verdammte Sex-Junkies, ihr männlichen Wölfe. Okay, lass mich das umformulieren. Willst du nicht irgendwann mehr als nur Gelegenheitssex?"

Jared wartete aus Respekt ganze fünf Sekunden, bevor er herausplatzte: „Nein. Auf keinen Fall. Nie."

Sechs Köpfe drehten sich in seine Richtung, und dieses Mal schienen sogar die Jungs über ihn zu lachen und nicht mit ihm.

„Du wirst sowas von erledigt sein, wenn du deine Gefährtin triffst." Tad strich mit seinen Fingern durch die hellen Locken in Missys Nacken. Jared erwog kurz, eine clevere Bemerkung zu machen, überlegte es sich dann aber anders. Tad konnte seine verrückten Omega-Spiderman-Sinne einsetzen und genau herausfinden, wie und warum Jared nicht damit rechnete, seine Gefährtin jemals zu finden. Und dann würde es alle möglichen Fragen geben und eine Inquisition ...

Dem scharfen Blick von Missy nach zu urteilen, könnte es jedoch zu spät sein, das zu vermeiden.

Verdammtes mystisches Wolfsvoodoo – es kostete mehr Energie, Geheimnisse vor diesen Leuten zu bewahren, als Katzenminze vor einem Haufen Pumawandlern zu verstecken.

Glücklicherweise hatten die Omegas den Anstand, nicht grundlos damit anzufangen, Rudelmitglieder zu scannen, wie die TSA. Sie würden vor der ganzen Meute nichts sagen, wenn sie seine Geheimnisse gespürt hätten.

Und Geheimnisse hatte er.

Er rückte seinen Stuhl zurecht und hoffte, in den Hintergrund zu verschwinden. Erik zwinkerte verschmitzt und wechselte dann das Thema. Jared nahm sich vor, dem Mann einen Sixpack seines Lieblingsgetränks zu kaufen und es auf seine Veranda zu bringen. Ja, der Beta war einer der Goldjungen im Rudel.

Genau genommen waren sie alle fabelhaft. Er hatte keine Probleme mit der Führung. Das Leben war großartig, abgesehen davon, dass es ihm in den Füßen juckte und er dieses kleine Problem hatte, und das war etwas, bei dem ihm niemand helfen konnte, also war es weniger ein Problem als vielmehr ein *Ding*. Und ein Ding konnte man ignorieren.

Die Unterhaltung nahm wieder Fahrt auf, und er entspannte sich und nahm sich die Zeit, die Gesichter um sich herum zu betrachten. Er betrachtete die Gruppe aus Menschen und Wandlern, die sich an diesem herrlichen Julimorgen auf der Terrasse und dem Balkon im ersten Stock drängten. Unten auf der Straße gingen zwei kräftig gebaute Fischer vom Hafen kommend nach Norden.

Warum kamen sie ihm bekannt vor? Er glaubte nicht, dass sie Wandler waren, und er hielt sich normalerweise nicht am Hafen auf. Jared beugte sich vor und sah genauer hin. Sie drehten sich um, um in seine Richtung zu blicken, und als er ihnen in die Augen sah, veränderten sich ihre Mienen von eher unbeteiligt zu wütend.

Jared warf einen Blick hinter sich. Nein. Niemand da, auf den die Jungs sauer sein könnten. Hatten Erik oder Kyle irgendwas getan?

„Ähm, hat irgendjemand in letzter Zeit die Einheimischen geärgert? Hat das Rudel unbezahlte Rechnungen bei den Fischhändlern?"

Erik runzelte die Stirn. „Was?"

„Jemand da unten hat großes Interesse an jemandem hier oben." Jared nickte in Richtung Straße, und der gesamte Tisch drehte sich um.

Das war natürlich der Moment, in dem Jared bewusst wurde, warum ihm die Gesichter der Männer bekannt vorkamen. Das Adrenalin, das durch seine Adern schoss, war stärker als die Wirkung von einem Dutzend Dreifach-Espressi – sein Körper war augenblicklich in Habachtstellung, sein Herz klopfte. Er schob seinen Stuhl zurück, legte eine Hand auf das Geländer hinter sich und sprang darüber.

„Bist du sicher, dass alles bereit ist?"

Keri verschränkte die Arme und lehnte sich an die Wand vor der Kommandobrücke des Kreuzfahrtschiffs. „Irgendwann muss man diesen lästigen Drang überwinden, jeden einzelnen Schritt der Reise bis ins kleinste Detail zu planen. Tessa, alles wird gut. Die Kreuzfahrt ist ausgebucht. Alle Passagiere haben die Sicherheitsüberprüfung bestanden. Willis hat das letzte

Personal, das wir brauchen, bereitgestellt – du kannst dich entspannen."

Ihre beste Freundin nickte, während sie schnell atmete. Keri sah sich hilflos nach einer Papiertüte um, die sie Tessa geben konnte. Ihre Freundin hyperventilieren zu sehen war kein schöner Anblick.

Tessa hob ihre Arme und schüttelte die Hände, als würde sie Außerirdische begrüßen. „Es muss einfach perfekt sein."

„Oh, großartig, also gar kein Druck. Selbst dein Bruder hat das Schiff nicht mit tadelloser Bilanz geführt. Gönn dir eine Auszeit." Das war nicht nur die übliche Nervosität am ersten Arbeitstag, sondern auch die, als kleine Schwester den Erwartungen gerecht zu werden. „Die Kreuzfahrt geht in ein paar Stunden los. Jeder wird sich wunderbar amüsieren, und auf allen Touri-Webseiten wird berichtet, dass *Arctic Wolf* Cruise Lines immer noch den besten Kurzurlaub / das beste Alaska-Erlebnis aller Zeiten bietet. Das Wandler News Network wird davon schwärmen, wie schön es ist, eine exklusive Kreuzfahrt zu machen, bei der es nicht verpönt ist, Pelz zu tragen."

„Aber was, wenn irgendwas schiefgeht?" Tessas Augen weiteten sich. „Was, wenn die Fedoras sich nicht amüsieren? Keri, warum musstest du meine Jungfernfahrt für eine Reise wählen? Angehörige des Königshauses an Bord zu haben, macht es noch schlimmer. Ich denke immer, ich sollte ein Korsett und einen bodenlangen Rock tragen und bei der Begrüßung einen Fächer dabeihaben."

Keri betrachtete Tessas blasses Gesicht. „Wirst du mir ohnmächtig werden? Denn ich kann dir Riechsalz besorgen, bin mir aber nicht sicher, welche Auswirkungen die auf deinen Stoffwechsel haben würden. Sind Katzen nicht allergisch darauf?"

„Halt die Klappe." Tessa verzog das Gesicht zu einem schiefen Lächeln. „Ich verstehe es. Ich werde aufhören, Panik zu schieben. Ich will es einfach nur gut machen."

„Das weiß ich." Keri packte Tessa am Ellbogen und zog sie am Ruderhaus vorbei. „Deine Familie betreibt diese Kreuzfahrtlinie schon seit Jahren. Jetzt bist du an der Reihe, das Steuer zu übernehmen, yada, yada, yada."

Tessa schob ihren Arm unter Keris, und sie gingen Seite an Seite. Die Anspannung ihrer Freundin ließ langsam nach, als sie durch die Gänge liefen und über nicht viel redeten. Keri lächelte. Wenn es eine Sache gab, die sie durch das jahrelange Zusammenleben mit Katzenwandlern gelernt hatte, dann, dass Katzen einen ausgeprägten Bewegungsdrang hatten.

„Als Problemlöserin schlage ich als Erstes vor, dass du dein Trampolin rausholst. Stell es in die Ecke deines Büros. Oder nein, nicht dahin. Stell es hinter deinen Schreibtisch und verwende es anstelle eines Stuhls."

Tessa lachte. „Ich werde sehr professionell aussehen, wenn ich auf und ab hüpfe, während ich mit der Crew rede."

„Besser, als die Wände hochzugehen." Keri drückte den Arm ihrer Freundin. „Ich weiß, dass wir viel Blödsinn labern, aber ich glaube, dass du das rocken wirst. Du hast die Fähigkeiten dazu. Was macht es schon, wenn Big Brother Golden Boy ein paar Dinge anders machen würde? Sei du selbst, nutz deine verrückten Managementfähigkeiten, die du auf dieser schicken Schule gelernt hast, und alles wird gut klappen."

Sie hielten vor Tessas Bürotür an. Tessa wirbelte zu ihr herum. „Ich bin froh, dass du hier bist. Du bist die beste Freundin aller Zeiten."

Alles Licht verschwand, als Keri in eine gewaltige Umarmung gezogen wurde, ihr Gesicht in Tessas Achselhöhle vergraben, während ihre Rippen vor Protest stöhnten.

„Hey, Tigger, lass die Ganzkörperangriffe ruhig angehen."

Sie quietschte wie eine Ente, die zum letzten Mal in der Wanne schwimmt. Tessa ließ sie los und Keri rang nach Luft und behielt ihr Lächeln bei.

Der Puma-Wandler, der ihre beste Freundin auf der Welt war und einer Schwester am nächsten kam, hüpfte im Kreis um sie herum. „Ich meine es ernst, Keri. Danke für deine Hilfe. Nicht jeder würde seinen Urlaub opfern, um zu arbeiten."

„Hey, ich bin auf einem Kreuzfahrtschiff. Bonbons und Pools. Wie viel Anstrengung soll das schon kosten?" Keri wich Tessas halbherzigem Schlag aus. „Ein Scherz, ein Scherz – aber komm schon, ich bin nichts weiter als ein verherrlichter Laufbursche. Es ist nicht so, dass ich für fünfhundert Mann koche."

„Das wäre furchtbar gruselig." Tessa schauderte übertrieben und presste die Hände auf ihren Bauch.

Keri schnaubte. „Richtig. Kochen kannst du ja auch nicht."

„Ich bin überrascht, dass wir während des Studiums nicht verhungert sind."

„Ahh, die Wunder von Mikrowellenessen und Pizza-Lieferservice." Keri versetzte ihrer Freundin einen Klaps auf die Schulter. „Aber wir haben das überlebt, du wirst es schaffen. Und mehr als überleben – du wirst es ganz großartig machen."

„Danke." Tessa atmete tief aus, bevor sie ihr

zuzwinkerte. „Danke, dass du mich daran erinnert hast, dass ich es schaffen kann."

Sie stießen mit den Fäusten zusammen, dann verschwand Tessa in ihr Büro, und Keri ging den Flur entlang, um an Deck zu flüchten.

Sie ließ alles auf sich wirken – den wunderschönen blauen Himmel, die wogenden Wellen des Meeres. Der Duft des Salzwassers und ein schwacher Hauch von frittiertem Essen aus den Restaurants der Stadt stiegen ihr in die Nase. Sie lehnte sich an das Geländer und lächelte.

Es *war* ein Urlaub. Tessa war vielleicht mitten in einer Panik, aber das war normale Nervosität davor, das erste Mal das Kommando zu haben. Die Kreuzfahrten exklusiv für Wandler verliefen schon seit Jahren reibungslos, und mit Tessa am Ruder würde sich nichts ändern, außer vielleicht, dass es besser werden würde. Wie der Rest ihrer Familie – der Clan, der Keri in den letzten zehn Jahren ein zweites Zuhause geboten hatte – hatte das Mädchen ein Gespür dafür, andere glücklich zu machen.

Ihre ehrenamtliche Tätigkeit als Problemlöser würde überhaupt keine große Aufgabe sein. Es war eher ein Gefallen, um Tessas Bedenken zu zerstreuen.

Nein, Keri hatte vor, die eigentlich reichlich freie Zeit auf dieser Reise zu nutzen, um ihre Zukunft zu planen. Sie hatte einen Abschluss in Kunst vom Community College, Tinte färbte dauerhaft ihre Finger, und sie hatte einen Rucksack voller Kohle und Zeichenblöcken. Aber das Malen von Bildern auf dem Bauernmarkt würde die Rechnungen nicht für immer bezahlen. Sie schickte ihren Eltern noch einen Dank dafür, dass sie Geduld mit einem rebellischen Hitzkopf hatten und ihr einen Platz zum Blühen gegeben hatten.

Wenn sie nur herausfinden könnte, was sie werden wollte, wenn sie erwachsen war.

Ein Windstoß wehte ihr das lange Haar in die Augen, und Keri bereute ihre Entscheidung, es offen zu lassen. Auf See würde sie es wieder zu einem Pferdeschwanz zusammenbinden müssen. Sie drehte die Strähnen zusammen und kramte in ihrer Tasche nach einem Gummiband.

Lautes Geschrei lenkte ihre Aufmerksamkeit auf den Hafen. Drei Männer rasten durch die Straßen, der erste den anderen knapp voraus. Er sprang über einen Stapel Kisten, bevor er sie hinter sich in den Weg seiner Verfolger stieß. Der erste Mann bog um die Ecke und war für einen Moment außer Sichtweite, während die beiden hinter ihm die Kisten aus dem Weg schoben und fluchten wie die Bierkutscher.

Keri ging an der Reling entlang und versuchte, den Grund für die Aufregung herauszufinden. War er vielleicht ein Dieb? Jemand, der mit seinen Liegeplatzzahlungen im Verzug war? Als sie den Bug des Schiffs erreichte, waren die beiden Verfolger deutlicher zu erkennen. Sie trugen große, klobige Fischerstiefel und waren von Kopf bis Fuß in glänzende Regenkleidung gehüllt. Allein zuzusehen, wie schwerfällig sie in diesen Outfits liefen, ließ ihre Beine vor Mitgefühl schmerzen.

Draußen auf der Hauptstraße schoss eine einsame Gestalt mit gesenktem Kopf wieder in Sicht. Er war Poesie in Bewegung, als er über Taue und um Fässer sprang und über Warenpaletten kletterte, als würde er einen entspannten Strandspaziergang machen.

Erst, als er die Richtung änderte, die Rampe hinaufrannte und in den Tiefen des Laderaums der *Arctic Wolf* verschwand, waren Spaß und Spiel vorbei.

„Oh nein, das wirst du nicht." Keri wandte sich dem nächsten Treppenhaus zu und sprintete nach unten.

Problemlöser? Das war ein Problem, das laut und deutlich schrie, und auf keinen Fall würde sich jemand unbefugt an Bord dieses Schiffs schleichen. Nicht, wenn sie etwas dazu zu sagen hatte. Vor allem jemand, dem vielleicht die Fischermafia auf den Fersen war oder auch nicht.

Sie stürmte in den Gemeinschaftsbereich der Besatzung und sah sich um. Eine kurze Schlange von Leuten wartete vor einem Klapptisch, die beiden Zahlmeister dahinter verteilten Schlüssel und Informationsblätter.

„Stimmt was nicht?" Einer der beiden Männer, Chad, lächelte verführerisch, und, ja, sie hatten schon zuvor geflirtet, aber ... Timing, Alter. Ein Freund der Familie zu sein bedeutete nicht, *jederzeit und an jedem Ort*.

„Hast du einen Unbefugten an Bord? Unten am Hafen gab es Ärger."

„Mit Ausnahme der Last-Minute-Besatzungsmitglieder, die wir vor Ort eingestellt haben, ist niemand neu an Bord gekommen. Und das sind fast die Letzten." Chad stand da und betrachtete die Schlange. „Einer fehlt noch. Ein Mark Weaver. Er ist noch nicht hier —"

„Hier bin ich. Tut mir leid. Kleiner Fehler — mein Wecker hat nicht geklingelt. Bin so schnell wie möglich hergekommen."

Der Spätankömmling hatte dunkles Haar, das lang genug war, um ihm zerzaust über die Schultern zu fallen wie bei einem Bad Boy Rockstar auf Tour. Mmm, sie mochte Bad Boys. Seine Lederjacke war offen, er atmete schnell, und Keri zögerte.

Schneller Atem? Leicht keuchend — als wäre er

gerannt? „Hat Sie jemand zum Schiff begleitet, Mr. Weaver?"

Seine Augen weiteten sich, dann blitzte sein Grinsen auf, und ihr Bauch wurde warm. Verdammt, sein Gesicht sollte als gefährliche Waffe registriert werden. „Nein, aber ich könnte sicher eine Begleitung zu meiner Kabine gebrauchen."

„Sie bekommen gleich ihr Quartier zugewiesen", warf Chad ein. „Unterschreiben Sie zuerst hier."

Keri schüttelte sich innerlich, und ihr Selbsterhaltungstrieb ließ sie einen Schritt zurückweichen.

Mark zwinkerte ihr zu und beugte sich dann über den Tisch, um unten auf der Seite einen chaotischen Schlenker als Unterschrift zu hinterlassen. „Bitte sehr, Schatz."

Chad würgte einen Moment lang, bevor er ihm einen Schlüssel überreichte. „Ihre Kabine ist auf der Backbordseite, Mittelschiffs. Sie können zusätzliche Bettwäsche und Ausstattung aus dem Lager holen, und Ihre erste Schicht beginnt um elfhundert. Melden Sie sich hier zurück, und Sie werden Ihren Teamleiter finden. Der wird Ihnen Ihre Ausrüstung und letzte Anweisungen geben."

Mark zog vor Keri einen imaginären Hut und ignorierte Chad vollkommen. „Werden Sie auch da sein? Mir helfen, mich an Bord zurechtzufinden oder sowas?"

Keri zog sich weiter zurück, bis ihr Rücken die Wand berührte. „Ich denke, wir beenden dieses Gespräch jetzt, Mr. Weaver. Finden Sie Ihr Quartier."

Seine dunklen Augen funkelten für einen Moment, bevor er seinen Blick senkte und ihren Körper damit liebkoste. Sie hätte sich beleidigt fühlen sollen. Sie hätte sich umdrehen und verlangen sollen, dass er sie mit mehr Respekt behandelte. Die Worte fielen ihr jedoch nicht ein, vor allem, weil sie sich am liebsten sofort ausziehen und ihn wie eine Harley reiten wollte. Spüren, wie seine Kraft zwischen ihren Schenkeln rumpelte und –

Schweiß brach auf ihrer Stirn aus und kühlte sie in dem klimatisierten Raum sofort ab. Mark war schon draußen, bevor sie wusste, wie sie weiter reagieren sollte. Keri wich der unverhohlenen Frage in Chads Augen aus, eilte davon und verschwand durch die Tür, die in die entgegengesetzte Richtung führte, in die der geheimnisvolle Mann gegangen war. Alle Gedanken darüber, warum er an Bord gejagt worden war, gingen in dem katastrophalen neuen Bewusstsein unter.

Das war nicht gut. Das war *gar* nicht gut. Die Situation hatte sich in kürzerer Zeit von problematisch zu quälend entwickelt, als ein durchschnittliches Wolfsrudel brauchte, um ein Grill-Buffet leerzuessen.

Keri blieb stehen und lehnte ihre Stirn an die nächste Wand. Sie schlug sie mit mehr Kraft als beabsichtigt dagegen, was mäßig schmerzhaft, aber irgendwie angemessen war.

Tatsächlich wiederholte sie es. Ein paarmal.

Bang. Bang.

Der daraus resultierende Schmerz ließ sie ihr Gesicht verziehen. *Bang.* Sie sollte für ihre Freundin da sein und als Problemlöserin fungieren. *Bang.* Nicht diejenige sein, die direkt vor Tessas Nase Chaos verursachte. *Bang.* Nicht ihren Gefährten unter der neu angeheuerten Crew finden.

Ihr Gefährte. *Du meine Güte, war er es wirklich?*

Sie drehte sich um, drückte ihre Schultern an die Wand und ließ den Kopf in den Nacken sinken. Dass sie sofort über einen fremden Typen sabberte, war nicht das Problem – Wandler waren cool, wenn es um Sex ging, und wenn sie mit jemandem Sex haben wollte, würde niemand auch nur mit der Wimper zucken.

Aber was machte ihr Körper gerade? Das war eine unerwartete, explosive Anziehung. Sie wollte ihn sofort, und sie wollte ihn hart. Sie war sich sicher, dass sie in jedem Handbuch für Wandler ihre Symptome als klassisches „*Er ist es*"-Syndrom aufgeführt finden würde, begleitet von rot blinkenden Warnsignalen.

Die Frage war nun: Was zum Teufel sollte sie tun?

2

Jared lag ausgestreckt auf dem Einzelbett, das drei Viertel des verfügbaren Platzes in seiner winzigen Mannschaftskabine einnahm. Seit seine Kampf-oder-Flucht-Reaktion im Café eingesetzt und ihn mit Adrenalin geflutet hatte, hatte er vibriert. Erst jetzt war seine Herzfrequenz auf einen annähernd normalen Wert gesunken.

Er setzte sich auf und fuhr sich mit der Hand durchs Haar. Nun, das war aufregend. Die Frau, mit der er die vergangenen Nächte verbracht hatte, hatte darauf bestanden, damit einverstanden zu sein, wenn sie nur ein bisschen Spaß hatten. Das Familienfoto, das er an der Wand entdeckt hatte, auf dem sie von ihren älteren Brüdern – seinen Verfolgern – sorgfältig bewacht wurde, hätte ihn warnen sollen. Auch wenn sie kein Problem mit atemberaubendem, umwerfendem und vor allem unverbindlichem Sex hatte, hatten ihre großen Brüder andere Vorstellungen davon, was ihre kleine Schwester tun sollte. Sie hatten ihn vor langer Zeit gewarnt.

Sein Ruf war wirklich wohlverdient.

Als er in die Versammlung des Kreuzfahrtschiffspersonals geplatzt war, hatte er vorübergehend seine Pläne, sich einfach ein paar Minuten zu verstecken, bis die brutalen Jungs die Gegend verlassen hatten, kurzfristig auf Eis gelegt. Er hatte gerade wieder an Land gehen wollen und einen Blick in den Korridor geworfen, den er hinaufgerannt war, als der steife Typ vom Anmeldetisch, dieser Chad, es sich zur Aufgabe gemacht hatte, ihn zu seinem Quartier zu eskortieren.

Trotz des winzigen Lochs, in dem er jetzt saß, musste Jared lachen.

Zu behaupten, dass er Mark war – war eine spontane Idee gewesen. Der Typ war im Granite-Lake-Rudel, und es gehörte zum Alltag, sich gegenseitig Streiche zu spielen.

Dieser Streich war bisher der beste, vor allem, weil er gesehen hatte, wie Mark gestern Nacht mehr als einen über den Durst getrunken hatte. Jared wettete, dass sein Freund irgendwo in Haines pennte, sabbernd und schnarchend, glücklicherweise nicht ahnend, dass er zu spät war, um seinen Job anzutreten.

Jared fragte sich, was sich das Rudel als Arbeit für ihn einfallen lassen würde. Hoffentlich was Körperliches und Schmutziges. Nicht, dass er rachsüchtig gewesen wäre oder sowas, aber als sie das letzte Mal miteinander zu tun gehabt hatten, hatte Mark ihn mit der Rechnung für Essen und Trinken für eine ganze Nacht sitzen lassen.

Jared ging zur Tür. Es war an der Zeit, Spaß und Spiel ein Ende zu setzen. Vielleicht würde er sogar nett sein und Mark anrufen, sobald er wieder an Land war. Ihn wecken und so weiter. Er steckte seinen Kopf aus der Tür und hielt inne.

Chad blickte von dort, wo er stand und sich mit ein paar Mädchen in Zimmermädchenuniformen unterhielt, herüber. Dankenswerterweise kannte Jared keine von ihnen.

„Brauchen Sie irgendwas?" Misstrauen klang in Chads Stimme.

Scheiße. „Nein. Nur neugierig. Ich dachte, ich hätte einen großen Esel im Flur gehört. Keine Sorge ..."

Er kehrte in seine Kabine zurück und schloss die Tür, als er weibliches Gelächter und Chads Fluchen hörte.

Oh ja, es war gut, dass das nur vorübergehend war. Chad war ein viel zu leichtes Opfer.

Jared ging zu dem kleinen Fenster und legte die Hände um die Augen, um das Zimmerlicht abzuschirmen. Er spähte hinaus und war fasziniert, die Leute zu sehen, die an Bord kamen. Taschen und Kisten wurden über eine Gangway hinauf gerollt, und überall am Dock herrschte Aufregung und Energie. Dynamisch, erregend.

Er gähnte heftig und streckte sich träge. Nun, das war genug davon. Er war mehr als bereit, nach Hause zu fahren und noch ein paar Stunden zu schlafen. Irgendwann heute Nachmittag würde er im Heritage Village auftauchen. Vielleicht erst mal ein bisschen shoppen ...

Wann willst du endlich erwachsen werden?

Maggies Scherz in dem Café hallte in seinem Kopf wider. Er hatte ein schlechtes Gewissen, weil Leute, die er bewunderte, ganz und gar auf seine Täuschung hereingefallen waren. All die ehrlicheren Antworten, die er ihr hätte geben können, verschwammen zu einem verwirrenden Morast, verschärft durch diesen vorübergehenden Ausflug zurück in die Welt der Privilegierten.

Es war nicht sein erstes Mal auf einem Kreuzfahrtschiff, und die Erinnerungen waren sowohl attraktiv als auch bestürzend. Aus Frustration kehrte er zu seiner üblichen Bewältigungsstrategie zurück, die darin bestand, das Problem zu ignorieren.

Er warf einen weiteren Blick aus der Tür und freute sich, den Flur leer vorzufinden. Jared pfiff leise und machte sich auf den Weg durch die Korridore, um einen Weg aus den Eingeweiden des Schiffes zu finden.

Ein kurzer Blick auf seine Uhr. Zehn Uhr. Viel Zeit. Er konnte sogar ein Nickerchen machen und eine Partie Billard spielen, bevor er sich auf den Weg machte, um seine Freiwilligenarbeit zu leisten. Er nahm eine Treppe nach oben und schob sich durch die immer größer werdende Menschenmenge, während Wandler in Urlaubskleidung die Gänge füllten.

Ja, das war eine interessante Abwechslung, aber es war Zeit, in die reale Welt zurückzukehren. Er hatte sich vor Jahren für einen Weg entschieden, der bedeutete, jeden Kontakt mit Kreuzfahrtschiffen und gehobenen Unterhaltungsangeboten zu meiden. Ein einfacher Lebensstil, gewöhnliche Menschen – das war sein Schicksal.

Sich unter die Reichen und Berühmten zu mischen, war etwas für andere Wölfe, nicht für ihn.

KERI SPRITZTE sich kaltes Wasser ins Gesicht, aber der Schock reichte nicht aus. Scheiß drauf. Sie drehte den Wasserhahn bis zum Anschlag auf und hielt dann ihren ganzen Kopf unter den Wasserhahn, sodass eiskaltes Wasser ihr Haar durchnässte und über ihren Hals spritzte.

Mit geschlossenem Mund hielt sie den Atem an und blieb so lange wie möglich unter Wasser, in der Hoffnung, dass die eisige Kälte etwas von ihrer Frustration wegspülen würde. Doch als sie aufgetaucht war und ein Handtuch um ihren Kopf gewickelt hatte, ging es ihr nicht besser als zuvor. Wenn überhaupt, hatte sich der wilde Juckreiz unter ihrer Haut verstärkt.

Vielleicht könnte sie ihm während der zehntägigen Kreuzfahrt aus dem Weg gehen. Danach würde sie sich auf ihn stürzen. Das würde funktionieren.

Mark Weaver. Sie verzog das Gesicht. Der Name gab ihr nicht viel. Doch ihre Neugier war geweckt. Über jeden Mitarbeiter war ein ganzes Blatt mit Informationen zusammengestellt worden. Chad hatte die Akten. Das war der beste Weg, so viel wie möglich über Mark herauszufinden – natürlich nur, um sich von ihm fernzuhalten.

Nicht, dass sie nicht daran interessiert gewesen wäre, ihren Gefährten irgendwann kennenzulernen, doch bis diese Kreuzfahrt vorbei war, hatte sie keine Zeit, sich mit ihm zwischen den Laken zu wälzen.

Bei dem Gedanken schoss eine Hitzewelle auf der einen Seite von ihr hoch und auf der anderen herunter, und sie schlang beide Arme fest um ihre Brust, um sich nicht auszuziehen und sich selbst um ihre Sehnsucht zu kümmern.

Sie stand verlassen in der Mitte ihres Badezimmers, ein langsamer Tropfen nach dem anderen fiel aus ihren Haaren auf den Boden, Nässe sickerte durch ihre Kleidung und ließ den Stoff an ihrer Haut kleben. Trotz des kalten Wassers lief ihre Libido immer noch auf Hochtouren. Ihre Brüste waren schwer, sie sehnte sich danach, ausgefüllt zu werden, und ihr Herz pochte wie ein Rumba-Tango-Fandango. Ja, das war nicht gut. Wenn sie nicht schnell eine Lösung fand, würde sie Mark finden und ihn bespringen, egal, wo sie ihn fand.

Sie zog ihre nassen Kleider aus und ignorierte das Verlangen, ihre äußerst sensible Haut zu streicheln. Frische Jeans, ein sauberes T-Shirt – es war nichts Besonderes, aber sie gehörte weder zur Crew noch war sie ein Passagier. Sie konnte tragen, was sie wollte. Ein Paar Sneakers an den Füßen, und schon ging es los.

Der Teppich unter den Füßen auf der exklusiven Kabinenebene war dick genug, um sie bei jedem Schritt einsinken zu lassen. Verwöhnt zu werden, weil Sie eine Freundin des Veranstalters war? Sie würde das akzeptieren. Ihre Kabine war viel größer als die Mannschaftsunterkünfte. Sie und Mark könnten das Kingsize-Bett in ihrer Kabine gut gebrauchen, um –

Nein, daran würde sie nicht denken. Sie musste das GPS ausschalten, das sich offenbar ganz auf *Sex* und *Mark* und *Gefährten* eingeschossen hatte.

„Na, wenn das nicht der schönste Wolf an Bord ist."

Keri blieb stehen und warf einen Blick hinter sich.

Ein dunkles Lachen streichelte ihre Ohren. *Oh. Verdammt.* Chad.

„Du, Darling. Ich rede von dir. Was hat dich vorhin verschwinden lassen? Ich hatte gehofft, dich dazu überreden zu können, meine Kanine zu besichtigen." Er schob sich in ihren persönlichen Raum, seine harte Brust war nur wenige Zentimeter von ihr entfernt.

Verdammt. Verdammt, verdammt, *Kacke*.

Das kam überhaupt nicht unerwartet. Sie beäugten einander schon seit Jahren. Chad war während der gesamten Schulzeit der beste Freund von Tessas großem Bruder gewesen, was bedeutete, dass Keri ihn oft gesehen hatte. Da sie nun zur gleichen Zeit am selben Ort waren, beide vermeintlich frei und ungebunden, wäre es eine ziemlich natürliche Entwicklung gewesen, dass die beiden ein Paar wurden.

Der große Wolf roch gut. Seine prallen Muskeln in Streichelreichweite waren fest und lecker und … *nichts*. Ihre Libido registrierte nichts. Nicht mehr, seit sie Marks Duft gerochen hatte.

„Hallo, Chad."

Sie drückte sich gegen die Wand und versuchte, Abstand zwischen ihnen zu schaffen.

Er stützte eine Hand neben ihren Kopf und beugte sich näher zu ihr, atmete tief durch. „Hallo, Chad? Das ist alles, was ich bekomme? Heute Morgen während des Crewmeetings hätte ich schwören können, dass du was gesagt hast wie *bitte reiß mir mit den Zähnen das Höschen vom Leib und leck mich, bis ich schreie.*"

Ihre Wangen wurden heiß. „Das habe ich nicht gesagt."

„Nicht in Worten", gab er zu, „aber ich erkenne einen, *hey, willst du ficken?*-Blick, wenn ich einen sehe."

Oh Gott. Ja, heute Morgen war sie vielleicht schuldig gewesen, diesen Eindruck erweckt zu haben, aber jetzt war sie sich ziemlich sicher, dass ihre Signale eine andere Botschaft aussandten. „Kennst du auch die wichtigsten Bestandteile eines warnenden *du wirst gleich deine Hoden verlieren*-Blicks?"

Er runzelte die Stirn und blickte dann auf. Verzog einen Moment lang die Nase und zuckte dann mit den Schultern. „Nein, ich bin mir ziemlich sicher, dass ich sowas noch nie in meinem Leben gesehen habe."

„Chad, kann ich mit dir sprechen?", unterbrach eine fröhliche weibliche Stimme.

Keri atmete erleichtert auf, als er sich der Leiterin des Zimmerservice zuwandte. Gut, er war so abgelenkt, dass sie einfach …

Seine andere Hand landete auf der Wand rechts von ihr und versperrte so effektiv ihren Fluchtweg. „Ist das ein Notfall, Eden?"

Die dunkelhaarige Frau schüttelte den Kopf. „Nein, aber –"

„Dann schick mir eine E-Mail. Wir können es heute Nachmittag beim Crewmeeting besprechen."

„Aber –"

„Bis später, Eden." Er wandte sich von ihr ab.

Eden ging mit unleserlichem Gesichtsausdruck. Keri fühlte sich seltsam gefangen. Chad ragte schließlich über ihr auf und hielt sie mit seiner Nähe quasi an der Wand gefangen. Doch es war mehr als das. Sie wollte nicht zwischen den Mann und seine Arbeit geraten.

Wenn sie so darüber nachdachte, wollte sie nicht zwischen ihn und *irgendwas* geraten.

Keri legte beide Hände auf seine Brust und bereitete sich darauf vor, ihn wegzustoßen, als er sie überraschte und seinen Mund auf ihren presste.

Sie hatte eine außerkörperliche Erfahrung. Sie beobachtete aus einer Entfernung von einem oder zwei Schritten, wie sich ihre Lippen berührten. Er rieb sich an ihr, ihre Hüften waren kurz davor, durch Osmose zu verschmelzen.

Er war muskulös und braungebrannt und ein umwerfender Surfer-Typ. Bis vor einer Stunde wäre sie vollkommen damit einverstanden gewesen, ihn die ganze Kreuzfahrt über jede Nacht in ihrem Bett zu haben.

Doch jetzt? Das Lauteste, was ihr durch den Kopf ging, waren Würgegeräusche. Die einzigen Teile ihrer geistigen Synapsen, die aktiv waren, waren damit beschäftigt, darüber nachzudenken, was Mark gerade tat. Und dann war da noch die Frage, ob sie es beim ersten Mal überhaupt in ein Bett schaffen würden? Hmmm. Wenn das hier jetzt Mark wäre, würde sie ihn an den Hüften packen und ...

„Ahem."

Als sie ein zweites Mal unterbrochen wurden, ging ein Licht an. Chad zog sich ein paar Zentimeter zurück und starrte nach links in – *oh verdammt* – Marks Richtung.

„Entschuldigung, ich wollte Sie nicht unterbrechen, aber wenn es Ihnen nichts ausmacht?" Er strich mit der Hand durch sein dunkles Haar und ließ es in widerspenstiger Perfektion zurück.

Die Zeit blieb stehen.

... weil das alles war, was er tat.

Keri presste einen Protest heraus. „Aber ... du ... ich ... wir sind ..."

Beide Männer starrten sie verwirrt an.

Ganz toll gemacht, Idiot. So denkt sicher niemand, dass Englisch deine Muttersprache ist.

Chad starrte Mark böse an. „Sie sollten nicht auf diesem Deck sein. Für das Wartungsteam ist der Zutritt hier verboten."

Mark hielt inne, hob dann einen Finger und schüttelte ihn. „Ja. Richtig. Nur, dass ich mich verlaufen habe. Ich wollte nach draußen. Nur ein bisschen frische Luft schnappen, bevor ich mich an die Arbeit mache."

Er musterte Keri, und sein räuberischer, hypnotisierender, hungriger Blick kehrte zurück. Das war alles, was sie als visuelles Vorspiel brauchte. Sie seufzte lüstern und presste ihre Beine zusammen, um der Flut des Verlangens entgegenzuwirken, die sie davonschwemmen wollte. Eine Hand hob sich unwillkürlich in seine Richtung.

Er nahm ihre Finger und drückte sie.

Sie wartete darauf, dass er sie an sich riss. Um sie von

Chad wegzuziehen. Sie auf den Boden zu werfen und sie sofort zu markieren. Sie spürte ihn so intensiv – den Drang, sich zu paaren. Das *Bedürfnis*, sich zu paaren.

Es war, als ob sie den Atem angehalten hätte, jahrelang unter Wasser geschwommen wäre und sich erst jetzt der Oberfläche näherte. Dringlichkeit trieb sie an. Kurz davor, die Oberfläche zu durchbrechen, kurz davor, lebensspendende Luft einzusaugen ...

Sie hob ihr Kinn. Sie neigte den Kopf und bot ihre Lippen an.

„Schön, dich wiedergesehen zu haben. Bis später." Er ließ ihre Hand los und ging weiter.

Er hätte genauso gut eine Hand auf ihren Kopf legen und sie untertauchen können. Sie schnappte nach Luft und verschluckte sich an ihrer Spucke. Husten beutelte sie.

„Hey, es ist okay." Chad tätschelte ihr den Rücken, doch ihre Verwirrung verwischte sein Gesicht, als sie sich aufrappelte und zusah, wie Mark den Flur hinunter verschwand.

Er war weggegangen.

Er war ... weggegangen? *Was zum ...?*

„Ich verstehe nicht." Ihr Körper sehnte sich nach ihm, und ihr Verstand war taub geworden.

„Ah, er ist nur einer der Hilfskräfte. Du wirst ihn nicht nochmal sehen müssen."

Chad nahm ihr Gesicht in seine Hände und drängte sich erneut gegen sie. Keris Haut prickelte und eine Gänsehaut von der Größe von Grönland breitete sich aus. Keine gute Reaktion.

Er berührte ihre Wange mit seiner und schnurrte. „Mmm, ich kann dich riechen."

Was? Ihr Verstand war so verwirrt, dass sie einen

Moment lang keine Ahnung hatte, was er meinte. Sie senkte die Nase zu ihrer Achselhöhle und schnupperte.

Nein. Das war es nicht.

Ein schwacher Anflug von Verständnis klopfte an die Tür und blockierte ihre Gedankengänge. Ihr Gefährte war den Flur entlang an ihr vorbeigegangen, ohne sich darum zu kümmern, dass sie in den Armen eines anderen Mannes lag – wieder wand sie sich innerlich mit einem *igitt, igitt, igitt* – und hatte sie zurückgelassen?

War Mark total verrückt?

Chad befummelte sie erneut, und ihre Wut schoss schneller in die Höhe, als sie es kontrollieren konnte. Sie stieß ihn so heftig von sich, dass er von der gegenüberliegenden Wand abprallte.

„Wow, okay. Also, auch wenn dein Körper Interesse signalisiert, willst du schwer zu haben spielen?" Chad nickte und rieb sich nachdenklich das Kinn. „Ist das wie ein Spiel?"

„Das ist es nicht. Ich bin nicht ..." Keri hielt inne.

Moment. *Moment.* Keine sofortigen Reaktionen auf Chad.

Sie brauchte eine Bewältigungsstrategie. Sie musste darüber nachdenken. Ihr Gefährte hatte offensichtlich Probleme. Vielleicht machte er sich Sorgen um seinen Job. Vielleicht ...

Es war, als wäre ihr ein Licht aufgegangen. Die Inspiration erschütterte sie. Tatsächlich griff sie nach Strohhalmen, um seine mangelnde Reaktion zu erklären, aber das war zumindest möglich.

Vielleicht wollte Mark nicht, dass sie Ärger mit seinem Boss bekam. Vermutlich dachte er, ihr Job stünde auf dem Spiel und mit ihrem Vorgesetzten/Boss Schluss zu machen würde ihn nicht sehr glücklich machen.

Was für ein Schatz. Sie blinzelte heftig, ihr Herz klopfte, als sie alle möglichen liebevollen Gedanken in Marks Richtung schickte. Eine kleine Welle des Glücks schwappte durch sie hindurch. Ihr Gefährte war ein wunderbarer und einfühlsamer Mann.

Vielleicht. Hoffentlich.

Sie wandte sich Chad zu. „Es ist nur so, dass wir gleich ablegen. Wir reden später, okay? Bis dann."

Es wäre unwürdig, durch den Flur zu rennen, also behielt sie die Kontrolle und ging nur schnell. Wirklich schnell. Sie war nicht hinter Mark her. Sie wollte nur noch einen kurzen Blick auf ihn werfen, das war alles. Vielleicht noch ein paar gute Vibes in seine Richtung schießen. Die Tür zum Deck schwang sanft auf, und sie schoss hinaus.

Er stand keine drei Meter vor ihr, den Kopf nach rechts geneigt, und starrte vom Oberdeck aus auf das Dock. Sie erstarrte, vollkommen im Freien gefangen. Einen winzigen Schritt nach dem anderen näherte sie sich der Sicherheit des Überhangs, wo sie ...

Nicht gut. Sein breiter Rücken war ihr zugewandt. In einer Sekunde würden sie sich gegenüberstehen.

Alles Selbstvertrauen verschwand, und ihre Füße wollten durchdrehen. Sie fühlte sich wie der Roadrunner aus dem Cartoon, dessen Beine in verschwommenen Kreisen durchdrehten. Sie eilte über das Deck, um außer Sichtweite zu kommen.

Sie huschte um die Ecke und duckte sich durch eine offene Tür in einen Geräteraum. Stapel von Shuffleboard- und anderen Deckspielen lagen auf Regalen und in hübschen Behältern ordentlich aufgereiht. Beklommen blickte sie auf die offene Tür und hielt den Atem an. Als er vorbeiging, ohne sie zu bemerken, keuchte Keri vor Erleichterung.

Ein schneller Satz reichte aus, um die Tür zu ergreifen, sie zuzuziehen und sich im Halbdunkel der makellosen Kammer einzuschließen. Das einzige Licht fiel durch zwei kleine Fenster an der gegenüberliegenden Wand. Sie sprang auf die größte Truhe in der Ecke und brach zusammen. Okay, das war nicht so gelaufen, wie sie es geplant hatte.

„Brillant, Smith. Einfach brillant. Schau, dass du aus dieser Situation wieder rauskommst."

Sie hatte es vielleicht vermeiden können, mit ihm zusammenzustoßen, aber die Frage, wie sie mit der Anwesenheit ihres Gefährten an Bord umgehen sollte, war noch offen.

Denk. Denk!

Die einzige Reaktion war ein heftiges Pochen zwischen ihren Beinen, und Keri fluchte. Also gut. Es schien, als könnte sie keinen klaren Gedanken mehr fassen, bis sie sich mit diesem Verlangen auseinandergesetzt hatte, das in ihren Adern brannte. Sie zupfte an ihrem T-Shirt, bevor sie nachgab. Der Stoff flog in die eine Richtung, ihr BH in die andere. Ihre Hände über ihre Brüste zu legen und zu drücken, nahm dem Druck etwas von der Dringlichkeit.

Es war nicht genug. Sie konnte auf keinen Fall wieder rausgehen und irgendeinen positiven Beitrag leisten, ohne vorher ein bisschen Dampf abzulassen. Darum öffnete sie den Reißverschluss und schob ihre Finger in die Hose.

DIE BRÜNETTE, an der er gerade im Flur vorbeigegangen war? Mann, manchmal war das Leben scheiße. Sie schien genau sein Typ zu sein – feminin, aber ein bisschen auf der ungezogenen Seite. Als sie sich vorhin in den

Mannschaftsquartieren gesehen hatten, hatte er geglaubt, sie hätte ihn ebenfalls interessiert angesehen.

Aber Jared wilderte nicht. Er liebte die Frauen, liebte sie von ganzem Herzen, aber selbst innerhalb der sexuell aufgeschlossenen Wandler-Gemeinschaft gab es Regeln. Ein Punkt weit oben auf seiner To-do-Liste war es, seinen Körper in einem Stück zu behalten – Hoden eingeschlossen –, und so war er trotz ihrer geröteten Wangen und ihres wilden Blicks gegangen und an Deck geflüchtet.

Und er war in einer Sackgasse, jede Treppe, die zum Dock führte, war von dort, wo er war, unzugänglich. Sofern er nicht über ein weiteres Geländer springen wollte – und danke, aber nein danke, einmal am Tag reichte –, also musste er einen anderen Weg nach unten finden. Die Zeit lief ihm davon.

Als er über das Deck ging, landete er erneut in einer Sackgasse, und er knurrte frustriert. Es war keine Menschenseele in der Nähe – irgendwie musste er in einen Bereich gelangt sein, der gerade gesperrt war. Er machte kehrt, mit der Absicht, durch den Korridor zurückzugehen. Es musste einen Ausweg aus dem Labyrinth geben. Jared warf einen Blick nach links und erstarrte, als ein sehr schönes Paar Brüste ihm entgegen hüpfte.

Er blinzelte.

Sie taten es erneut, und Jared trat näher an das in die Metallwand eingelassene Fenster heran und klappte den Mund zu. Plötzlich war das Verlassen des Schiffes nicht mehr annähernd so wichtig wie noch vor ein paar Sekunden. Er schob sich weiter in die Ecke und bemühte sich, weiter durch das kleine Fenster zu spähen.

Seine geheimnisvolle Schönheit hatte sich bis zur Taille ausgezogen und lehnte sich auf einer Truhe zurück. Als ihre Hand im Bund ihrer offenen Jeans verschwand, klatschte er sich mit der Hand auf den Schritt.

Wenn er sie nicht gerade mit einem anderen Mann gesehen hätte, wäre er schon da drin. Und würde ihr helfen, eine bequemere Position zu finden, vorzugsweise auf seiner Zunge.

Eine steife Brise wehte, und er wandte sich davon ab, wobei er darauf achtete, nicht seinem ersten Instinkt zu gehorchen, der darin bestand, sein Gesicht wie ein hechelnder Köter gegen die Glasscheibe zu drücken, um sie besser sehen zu können. Stattdessen schlich er zum nächsten Fenster, wo er besser versteckt und vor Blicken verborgen bleiben würde. Vielleicht hatte er in den letzten zehn Minuten keine Menschenseele gesehen, aber es bestand kein Grund, ein Risiko einzugehen.

Sein Wolf grollte, aber er rang das Tier nieder. Das arme Ding nörgelte immer aus dem einen oder anderen Grund. Obwohl diese Seite seiner Natur ständig da war, bedeutete das nicht, dass er sich wie ein Tier verhalten musste.

Ein leises Stöhnen drang durch die Wand, und die Tatsache, dass sie beide Wandler waren, machte ihn sehr glücklich. Er fühlte sich wohl, während er zusah, und war überzeugt, dass es ihr nichts ausmachen würde. Im Großen und Ganzen war Sex cool. Aber nicht Fremdgehen – das war vollkommen tabu.

Zuschauen war kein Fremdgehen. Hier ging es nur darum, zu bewundern und sich ihre Vorlieben einzuprägen. Für den Fall, dass er in Zukunft eine Chance bei ihr bekommen sollte. Mehr nicht.

Zum Glück war er ein Genie in Sachen Rationalisieren.

Sie rutschte auf der Truhe herunter und schaffte so mehr Platz in ihrer Hose. Er beobachtete, wie sich der Stoff über ihrer Hand bewegte, und die Laute, die sie ausstieß, trieben ihn in den Wahnsinn. Eine Stöhnerin. *Hmmm.* Er wettete, dass er sie zum Schreien bringen könnte.

Er liebte Frauen, die im Bett laut waren.

Ein schneller Blick versicherte ihm, dass niemand in der Nähe war, also zog Jared seinen Schwanz heraus. Hinter einer großen Säule versteckt, war er für jeden, der vorbeigehen könnte, nicht zu sehen. Er konnte der Versuchung nicht widerstehen, heimlich mitzumachen. Er streichelte seinen Schaft und ließ seinen Blick bewundernd über sie schweifen. Ihre Haut war heller als seine, aber leicht gebräunt, und die Linien ihres Bikinioberteils zeichneten sich deutlich auf ihrer nackten Haut ab. Ein paar verstreute Sommersprossen waren zu sehen, und er sehnte sich danach, sich von einer zur nächsten zu lecken und ein Mosaik der Lust auf ihrem ganzen Körper zu zeichnen.

Ein weiteres Stöhnen drang an seine Ohren, als sie ihren Rücken durchbog und ihre Brustwarzen gen Himmel zeigten. Sie bewegte sich schneller, und er gehorchte ihrem unausgesprochenen Befehl. Härter, schneller. Jedes Mal bis zum Anschlag, während seine Faust seine Erektion fest umschloss. Sein Blick blieb auf ihren Körper gerichtet, auf die Art und Weise, wie ihre Brüste wippten, während sie hektisch atmete. Oh, wie sie ihren Kopf von einer Seite zur anderen warf und ihr Stöhnen immer lauter wurde. Als sie immer leidenschaftlicher wurde, begann ein Puls an der Basis seiner Hoden einen Rhythmus, der laut genug war, um ihn taub zu machen.

„Ahhh ...”

Ihr Schrei stieß auch ihn über den Rand. Jared legte seine rechte Hand über die Kuppe seines Schwanzes, um zu verhindern, dass er die Wand zwischen ihm und seinem geheimnisvollen Engel vollspritzte. Dann stolperte er einen Viertelschritt zurück, lehnte sich an die Wand und ließ sich von ihr aufrecht halten, denn verdammt nochmal, er konnte sich kaum erinnern, wie man aufrecht stand.

„Süße Gnade." Die Welt drehte sich.

Sie blieben beide eine ganze Minute lang regungslos. Wenn er früher versucht hätte, sich zu bewegen, wäre Jared vermutlich über seine eigenen Füße gestolpert und auf seinem Arsch gelandet, während der Schwanz noch immer aus seiner Jeans hing.

Er wischte sich sauber und lächelte die Frau an, die jetzt ganz auf dem Rücken lag und deren schwerer Atem an den Schaukelbewegungen ihres Oberkörpers deutlich zu erkennen war. Sie richtete sich auf und atmete heftig aus.

Dann zog sie ihren BH an und rückte den Rest ihrer Kleidung zurecht, wobei sie sich gerade so weit drehte, dass er die wunderschöne Tätowierung auf ihrem unteren Rücken erkennen konnte. Verdammt, was würde er nicht darum geben, sie genauer anzusehen. Jared brachte sich wieder in Ordnung und war ein bisschen amüsiert darüber, dass sie auf diese Weise verbunden waren – sie hätten zusammen Sex gehabt haben können, weil ihr Timing so gut gepasst hatte.

Aber leider sollte das nicht sein. Er nickte in ihre Richtung und kam aus seiner versteckten Nische. Jetzt musste er wirklich gehen, so viel Spaß dieses Zwischenspiel auch gemacht hatte. Er schlenderte das Deck hinunter in Richtung des Korridors, durch den er zuerst gekommen war, und bewunderte die Berge zu seiner Rechten. Die majestätische Aussicht zog schnell vorbei, während ein starker Wind ihm ins Gesicht wehte.

Jared blieb abrupt stehen und starrte bestürzt geradeaus. Die Berge bewegten sich tatsächlich. Und mehr als sie es sollten, wenn sein Blick an ihnen vorbei streifte. Er rannte zur Reling und klammerte sich daran fest, sein Griff so angespannt, dass es schmerzte.

Es gab keine Gangway mehr. Es gab kein Dock. Nichts als das weite offene Meer breitete sich vor ihm aus.

Während er den Voyeur gespielt und sich einen runtergeholt hatte, war auch die Besatzung beschäftigt gewesen, und das Schiff hatte den Hafen verlassen.

Er war auf unbestimmte Zeit auf dem Kreuzfahrtschiff gefangen.

3

———————

*K*eri ging den Gang entlang in Richtung des großen Ballsaals, während ihre sexuelle Frustration wie ein Aasgeier in der Luft über ihr Kreise zog. Irgendwann würde sie die Grenze zwischen schmerzendem und tobendem Verlangen überschreiten, und der Himmel helfe jedem, der zwischen ihr und Mark stand, wenn sie ausrastete, denn das würde nicht schön werden.

Aber zehn Tage. Sicherlich konnte sie sich zehn Tage lang im Griff behalten. Sie musste ihm einfach nur aus dem Weg gehen. Sich von seinem süchtig machenden Duft fernhalten. Wenn sie sich genug konzentrierte, konnte sie das schaffen. Verdammt, sie hatte von anderen gehört, die ihren Paarungstrieb länger als zehn Tage hinausgezögert hatten.

Sie seufzte. Die Tatsache, dass die Leute in diesen Geschichten hauptsächlich stärkere Wölfe waren, hatte wahrscheinlich geholfen. Ein weiterer Grund, warum es ihr auf den Nerv ging, in der Mitte des Rudel angesiedelt zu sein. Es gab nicht nur mächtigere Wölfe in der Hierarchie, die sie herumkommandieren konnten, ihr eigener Körper konnte es auch.

Ihr Wolf regte sich in ihr, fast … schadenfroh. Sie schlug das Biest so weit wie möglich von der Oberfläche weg. Fein. Sie würde das tun. Sie würde der Wolfstussi in sich zeigen, dass der Mensch verborgene Tiefen hatte. Vielleicht würde ihr Handgelenk vom Masturbieren schmerzen, aber sie würde die Paarung nicht durchziehen, nur weil ihr Wolf es von ihr verlangte.

Trotzdem – was für eine beschissene Zeit, auf dem Kreuzfahrtschiff gefangen zu sein.

Sie fragte sich, wie hoch die Wahrscheinlichkeit war, dass der Geschenkeladen eine Auswahl an Sexspielzeugen hatte, mit denen er sich eindecken konnte. Aber das war eine Kreuzfahrt nur für Wandler. Sie gingen wahrscheinlich davon aus, dass kein Spielzeug nötig war.

Ihr Handy vibrierte, und sie holte es heraus und entspannte sich, als sie Tessas Namen las.

„Was geht, Baby?" Keri bog um die Ecke und stellte sich an die Wand, um eine Gruppe Reisender an sich vorbeizulassen.

„Ich brauche Hilfe. Es gibt schon Ärger. Ich bin sowas von am Arsch. Es ist schrecklich. Ich wüsste gern, ob ich jetzt das Handtuch schmeißen kann und –"

„Tessa. Halt die Klappe."

Sie hörte einen tiefen Atemzug.

Als Problemlöserin zu fungieren, erforderte mehr Händchenhalten, als sie gedacht hatte. „Stehst du?"

„Nein."

„Leg das Handy hin, mach zehn Hampelmänner und geh dann auf und ab, während du mir erklärst, was los ist." Es war das Gleiche, womit sie sich schon während ihrer Studienzeit hatte auseinandersetzen müssen. Warum Tessa glaubte, ihre Katzennatur zügeln zu müssen, war unverständlich für sie.

Der Duft von Essen – frisches Gebäck, dekadente Schokolade und Kaffee – stieg ihr in die Nase, und Keri schlüpfte in eines der rund um die Uhr geöffneten Restaurants. Auf Wandlerkreuzfahrten gab es immer Essen, um mit dem Stoffwechsel der Wandler Schritt zu halten, noch mehr als an Bord einer normalen Kreuzfahrt. Sie betrachtete die lange Theke mit den angebotenen Backwaren wie eine himmlische Versuchung.

Das könnte ihre Rettung sein, während in ihrem Körper ein Krieg der Hormone tobte. Sie würde sich einfach ständig vollstopfen, um ein Verlangen mit einem anderen zu stillen. Reichhaltiges, süßes, klebriges Essen. Schokolade von ihren Fingern lecken, mmm, Schokolade von Mark lecken. Von den harten Muskeln des Waschbrettbauchs, bevor sie tiefer wanderte und –

Großartig. Soviel dazu, dass Essen eine Ablenkung sein könnte. Jetzt war sie wieder geil.

In ihrem Handy knisterte es, und Tessas viel lebendigere Stimme ertönte. „Bin wieder da. Danke für die Erinnerung. Hey, du musst einen der Wartungsleute zur Suite der Fedoras begleiten. Sie haben Probleme mit ein paar Kleinigkeiten und wollen, dass sie behoben werden, möchten aber nicht, dass irgendjemand geschickt wird. Ich habe ihnen versichert, dass wir bei ihrer Suite größtmögliche Sorgfalt walten lassen würden."

„Hey, kein Problem. Gut gedacht übrigens. Willst du, dass ich mich unten mit dem Typen treffe, oder –?"

„Geh direkt zur Suite. Chad ist schon dabei, die Aufgaben zuzuweisen. Wenn du also dort ankommst, sollte der Mann vom Wartungsteam schon auf dich warten."

„Wird gemacht, und bitte, kannst du einfach auf den

Beinen bleiben? Du kannst das wirklich schaffen, wenn du nicht versuchst, einen auf Schreibtischtäter zu machen."

„Ist gebongt."

Das Buffet war zu verlockend, um zu widerstehen. Keri nahm ein Schokoladen-Eclair, bevor sie das Restaurant verließ und zu den Serviceaufzügen lief. Das Warten war angenehmer, während sie die reichhaltige, cremige und köstliche Süßigkeit aß. Sie steckte sich den letzten Rest in den Mund, als sich die Türen öffneten.

Bevor sie eintrat, drängte sich eine Gruppe von Besatzungsmitgliedern hinaus. Jemand stieß sie am Ellbogen an, und sie ließ ihr Handy fallen. Die Türen schlossen sich zu ihrer Rechten, als sie sich bückte, um es aufzuheben, und plötzlich stand sie einem Paar neongrüner Crocs gegenüber. Ausgewaschene Jeans, die an den richtigen Stellen ausgeblichen waren, lenkten ihren Blick nach oben, und die abgenutzte Stelle rechts vom Reißverschluss zeigte ein schönes, festes Paket. Hmm, groß genug, um Ärger zu machen, und das, ohne, dass er einen Steifen hatte.

Das Zittern ihrer Gliedmaßen machte es ihr schwer, aufzustehen. Machte es fast unmöglich, ihren langsamen Scan über den Gürtel, der um seine Hüften geschlungen war, bis zu den Knöpfen an der Vorderseite seines Hemdes fortzusetzen. Eins. Zwei. Drei ... bis zu dem Punkt, an dem der Stoff aufklaffte und ein blaues T-Shirt zum Vorschein kam.

Sie zitterte noch mehr, als stünde sie kurz vor einem Anfall. Sie wusste, warum – sie konnte es unmöglich wissen, doch auf diese Nähe ließ der Duft ihr das Wasser im Mund zusammenlaufen und ihre Brustwarzen richteten sich auf. Die letzten Zentimeter, die sie ihren Blick hob, dienten weniger der Bestätigung, dass sie mit Mark allein im Aufzug war. Nein, bei ihrem Zögern ging es eher darum, sich Zeit dafür zu geben, sich zu wappnen. Sich zu versteifen und dem Drang zu widerstehen, die Hand auszustrecken und ihn hier und jetzt auszuziehen.

Das war das dritte Mal, dass sie sich begegneten. Wenn sie Gefährten wären, würde er sicherlich etwas sagen. Etwas tun. Vielleicht hatte sie sich geirrt? Vielleicht hatte sie das Wolfsäquivalent einer hormonellen Überlastung erlebt, und das war alles in ihrem Kopf.

Sie wusste nur, dass der Ball in seinem Feld war. Für alle Fälle würde sie *nicht* den ersten Schritt machen. Denn wie unangenehm wäre es, anzunehmen, jemand sei ihr Gefährte, und dann war er es doch nicht?

Als sich ihre Blicke trafen, schoss ihr ein schöner kleiner Tagtraum durch den Kopf. Er begann damit, dass sie den Not-Aus-Knopf drückte, die Art und Weise, wie sie einander auszogen, übersprang, dann zögerte und sich lange genug in Zeitlupe bewegte, bis sie sich auf seinen Schwanz aufspießen konnte, und endete damit, dass sie beide so laut während ihrer Orgasmen schrien, dass sie die springenden Delfine in den Wellen vor dem Bug des Schiffes erschreckten.

„Hey." Sein Lächeln war tödlich.

Sie nickte schnell und biss die Zähne zusammen, um nicht um ... etwas zu betteln. Das bedeutete natürlich, dass sie eigentlich nichts sagte. Schien sicherer. Wirklich. Nicht, dass sie am Ende etwas Anzügliches und Gewagtes gesagt hätte.

Sie drehte sich zu den Aufzugstüren um und richtete ihren Blick auf die dünne vertikale Linie dazwischen, als wäre das der einzige sichere Punkt auf der Welt.

Durch ihren Mund einzuatmen half nichts – anstatt dass sein Duft in ihr Gehirn strömte, bedeutete es, dass sich sein Geschmack mit dem Schokoladengeschmack auf ihrer Zunge vermischte.

In ihrer peripheren Sicht spannte sich sein wunderschöner Bizeps an und ihre Libido flatterte, landete irgendwo in ihrem Bauch und flatterte unaufhörlich weiter.

Mark hustete. „Ich hoffe, Sie denken nicht, dass ich unverschämt bin, aber wir müssen was tun."

Er beugte sich näher, und sie hielt den Atem an.

OhmeinGottohmeinGott.

Sein Körper berührte kurz ihren, als er auf einen der Aufzugsknöpfe drückte. Er trat zurück und lächelte. „Funktioniert besser, wenn man ihm sagt, wohin man will."

Der mechanische Käfig hob sich langsam. Keris Mund war feucht. Sie wollte reden, hatte aber Angst, dass alles, was sie sagte, von Spucke begleitet werden würde. Das wäre doch ein ach, so attraktiver Einstieg, oder?

Sein Lächeln verblasste langsam, als er sein Kinn senkte. Sanfte Sorge huschte über sein Gesicht, und eine winzige Falte bildete sich zwischen seinen Augen. Es war so bezaubernd, dass sie sie gerne reiben und alles besser machen wollte. Sie schluckte schwer und bereute es sofort, als sein Geschmack sie erneut durchströmte. Keri schloss die Augen und lehnte sich mit dem Rücken an die Wand. *Nicht anfassen. Bloß nicht anfassen.*

Eine flüsternde, sanfte Berührung ihrer Wange ließ ihre Augen auffliegen. Seine Finger strichen langsam über ihre Haut, bevor er sich zurückzog und ihr dunkle Schokolade auf seinen Fingerspitzen zeigte.

„Sie hatten es eilig, oder?"

Oh Junge. Sie nahm all ihren Mut zusammen und rang ihren Wolf nieder. Sie streckte ihm ihre Hand entgegen. „Keri Smith."

Er zögerte. Zögerte er genauso wie sie, sie zu berühren?

Doch warum sollte er das, es sei denn, er versuchte, sie zu beschützen?

Dann hob er seine Hand und leckte sich die Schokolade von den Fingern. Das warme Summen in ihrem Bauch glitt ein Stück tiefer und heftete sich an ihre Klitoris. Sie könnte gerade einen Vibrator in sich tragen, der voll hochgedreht war, und er hätte nicht dieselbe Wirkung wie ihn zu beobachten.

Er wischte seine Hand an seinem Hemd ab und legte schließlich seine Finger um ihre. „Jar – Mark Weaver. Wir haben uns im Mannschaftsraum getroffen, oder?"

„Richtig."

Sie starrte ihn fasziniert an. Er hatte die Haare zu einem Pferdeschwanz zurückgebunden und seine dunklen, wunderschönen Augen standen im Mittelpunkt. Das cremige Braun seiner Haut ließ ihre Gedanken wieder zu Schokolade wandern. Sündige, sündige Gedanken, mit denen sie sich jetzt nicht auseinandersetzen wollte.

Doch als sie sich aus dem gefährlichen Terrain zurückzog, blieb ihr nur noch die quälende Frage: Warum in aller Welt reagierte er nicht auf sie? Sie war nur noch einen Atemzug davon entfernt, ihn zu bespringen und ihm die Zunge in seine Kehle zu stecken.

ER WAR GEFANGEN. Sie ließ nicht los. Sein Wolf rieb so aggressiv unter seiner Haut, dass Jared glaubte, er würde spontan wandeln, und dennoch ließ seine faszinierende Fremde seine Finger nicht los.

Er zog etwas fester. Sie schnappte nach Luft, dann richtete sie sich auf und wandte ihre erstaunlichen grünen Augen von ihm ab. Ihre Hände verschwanden hinter ihrem

Rücken wie die eines ungezogenen Kindes, das mit den Fingern in der Keksdose erwischt wurde.

Verdammt, warum musste sie einen Freund haben? Sie war bezaubernd und sexy, und sein Wolf fand sie faszinierend. So viel zu bieten und doch so viele Barrieren dazwischen.

Die Aufzugtüren öffneten sich, und er winkte sie hinaus. Sie floh – das einzige passende Wort. Es machte ihm nichts aus. Das bedeutete, dass er auf ihren Po starren konnte, während sie über den dicken roten Teppich eilte. Auch gut. Vielleicht konnte er sie nicht haben, aber er konnte trotzdem nett sein. Sogar Frauen mit Bettgefährten mochten es, nett behandelt zu werden, und ein Gentleman zu sein, konnte genauso viel Spaß machen wie abgefahrener Affensex.

Fast.

So in der Art.

Nicht wirklich, aber na ja.

Sie blieb vor einer großen Doppeltür stehen, und er entschied, dass es an der Zeit war, den Charme hochzufahren. Der „Nur Freunde, auch wenn du mehr verdienst"-Charme, der Frauen das Gefühl gab, ein Filmstar zu sein.

„Also eine der schicken Suiten. Nett. Ich wette, sie hat mehr Platz als meine Zwei-mal-vier-Meter-Kabine."

Keri klopfte an, bevor sie antwortete. „Wahrscheinlich mehr Platz als Ihre, meine und zwanzig Crewunterkünfte zusammen."

Sie sprach mit dem Teppich. Er betrachtete den Bereich zu ihren Füßen. Doch da war nichts.

Okay ...

Auch auf ihr zweites Klopfen reagierte niemand, also zog sie eine Schlüsselkarte aus ihrer Tasche und öffnete die

Tür. Jared sah sich anerkennend um. Die Suite war nicht nur luxuriös, sondern auch in Sonnenlicht gebadet. „Nicht schlecht. Ich liebe die Fenster. Ich hasse die kleinen Gucklöcher unten. Ich würde lieber eine Hängematte an Deck spannen und unter der Treppe schlafen, als da unten eingesperrt zu sein."

Keri nickte. „Ich verstehe. Meine Kabine ist besser als Ihre, aber mit der hier nicht zu vergleichen."

Er wartete. Als er sich wie befohlen um elf Uhr gemeldet hatte, hatte Chad ihm gesagt, dass er zum Wartungsteam gehöre, und dann widerwillig einen Arbeitsgürtel für ihn besorgt, als er zugab, seinen zu Hause „vergessen" zu haben. Abgesehen von Chads genervtem Seufzer, der berechtigt war, war der Job eine große Erleichterung. Er musste die Scharade weiterspielen, bis er einen Weg fand, das Schiff zu verlassen, doch wenn sich herausgestellt hätte, dass sein Rudelkamerad angeheuert worden war, um zu kochen oder – schlimmer noch – als Entertainer zu arbeiten? Da hätte Jared ein Problem gehabt.

Quietschende Türen konnte er reparieren.

Aber Keri sagte ihm nicht, was genau gemacht werden musste. Sie starrte abwechselnd auf den Boden und warf ihm verstohlene Blicke zu.

Sein Wolf knurrte erneut, als er einen Blick in ihre großen Augen erhaschte. *Ja, verdammtes Vieh, ich verstehe. Du magst sie. Krieg dich wieder ein, Kumpel.* Er und sein Wolf kämpften auf eine Weise um die Vorherrschaft, wie er es noch nie zuvor erlebt hatte. Dann zog sich der wilde Teil in ihm – fast schmollend – in eine Ecke seines Bewusstseins zurück.

Noch nie war es so seltsam gewesen, ein Wolf zu sein.

Zeit, die Show auf die Straße zu bringen. Oder aufs

Meer oder was auch immer. Jared rieb seine Hände. „Was steht als Erstes auf dem Plan?"

Keri richtete sich auf. „Oh, richtig! Die Wasserhähne im Hauptbad tropfen."

„Hauptbad? Mann, jetzt bin ich wirklich neidisch."

Die Suite ging endlos weiter, glänzendes Gold und hochglanzpolierter Chrom bildeten einen Kontrast zu den üppigen Textilien. Keri schob eine Tür auf und trat beiseite. Jared zwang sich, auf die andere Seite der Tür zu gehen, um nicht ihre Körper aneinander zu reiben, obwohl er sich wirklich, wirklich gern an ihr gerieben hätte.

Das Tropfen ließ sich leicht beheben, aber dass sie jede seiner Bewegungen beobachtete, machte es nervenaufreibend.

„Versuchen Sie, einen neuen Beruf zu erlernen?" Er blickte von seinem Schraubenschlüssel auf. Ihre Wangen waren gerötet, und es schien ihr extrem schwerzufallen, den Blick von ihm loszureißen.

„Was?" Sie zuckte zusammen und blinzelte heftig.

Unregelmäßiges Atmen und ein leises Keuchen entwich ihren Lippen. Sie hatte die Arme um ihre Taille geschlungen, ihre Brüste waren von ihren Armen gerahmt. Ihre Finger rieben nervös über ihre Haut über der Gürtellinie. Selbst wenn er ihren Orgasmus nicht erst vor Kurzem gesehen hätte, hätte er die Anzeichen trotzdem bemerkt.

Sie war erregt.

Süße Gnade. Er musste sie wieder auf sicheres Terrain bringen. „Ich sagte, ich frage mich, ob Sie so genau zusehen, um einen neuen Beruf zu erlernen, nachdem Sie alles im Blick behalten."

Sie stammelte und wich dann von der Tür zurück. „Es t-tut mir leid, das war unhöflich. Nein, nun ja, ich muss ein

Auge auf Sie haben. Nicht, dass ich Ihnen nicht vertraue, aber die Suite gehört den Fedoras, und sie sind ein bisschen wählerisch, wer reinkommt und so."

Jared pfiff, um seinen Schock zu verbergen. Oh, Shit, schlechte Nachrichten. „Die Fedoras? Wie die königlichen Fedoras aus England?"

„Genau die. Sie reisen mit ein paar Bodyguards, aber ansonsten halten sie den Ball eher flach. Sie scheinen ziemlich nett zu sein."

Sicher. Schön für jeden, der es nicht gerade vermeiden wollte, Leute wie sie zu treffen.

Diese ganze Kreuzfahrt-Sache wurde von Minute zu Minute besser. Nein, das war natürlich ironisch gemeint.

„Cool. Wir werden sie also auf dem Schiff sehen? Ich meine, die normalen Menschen werden sie sehen, nicht wir Arbeitssklaven, die sich im Untergrund verstecken."

Sie lachte, ein ehrliches, echtes Lachen, und ein Teil der Spannung in der Luft verschwand. „Wir werden Sie nicht an die Wand Ihrer Kabine ketten, wenn Sie nicht im Dienst sind. *Arctic Wolf* Cruise Lines legen großen Wert darauf, der Crew auch Zeit zu geben, die Aussicht zu genießen. Wir sind alle Wandler und verstehen, wie wichtig es ist, Spaß zu haben."

„Danke." Er probierte die Wasserhähne aus, drehte sie ein paar Mal zu und auf und tat so, als würde er sich überzeugen, dass sie nicht mehr tropften. Wenn er ehrlich war, kostete es ihn eine Menge Kraft, nicht herauszuplatzen, dass er mit Ketten in seinem Zimmer einverstanden wäre, wenn sie diejenige wäre, die sie ihm anlegte.

Konzentrier dich. Arbeit. Dann würde er sich um dringende Notwendigkeiten wie den Erwerb von Kleidung kümmern, um diese Farce zu überstehen. Nur musste er jetzt für alle Fälle vermeiden, beim Einkaufen irgendwelchen Passagieren zu begegnen. Was für eine Scheißsituation.

Er nahm sein Werkzeug, drehte sich um und blieb verwirrt stehen, als er bemerkte, dass Keri ihn erneut anstarrte und ihr Gesicht einen ängstlichen Ausdruck angenommen hatte. Sie schien sich in seiner Nähe furchtbar unwohl zu fühlen.

Ein schrecklicher, schrecklicher Gedanke kam ihm. „Keri? Ihr Freund, Chad?"

„Mein Freund?" Sie blinzelte. „Ähm, ja, Chad. Was ist mit ihm?"

Jared bewegte sich langsam. Er hatte schon einmal jemanden gesehen, der sich so verhalten hatte wie ein verängstigtes Kaninchen. Er nahm ihre Hand und legte seine um ihre kalten Finger. „Er ist nicht der eifersüchtige Typ, oder? Ich meine, Sie werden nicht in Schwierigkeiten geraten, weil Sie hier allein mit mir sind? Weil Sie ..."

Sie sah aus, als würde sie gleich aus den Latschen kippen. „Weil ich was?"

Was sollte er sagen? Ihr anbieten, sie zu beschützen? Ihr vorschlagen, über ihre Optionen nachzudenken? *Du musst nicht mit ihm zusammen sein, ich werde mich um dich kümmern,* schoss es ihm durch den Kopf, und er schloss den Mund, bevor die Worte herauskommen konnten.

Sie war eine erwachsene Wölfin mit einem eigenen Kopf, aber es gab Zeiten, in denen sogar eine Wölfin in eine Situation geraten konnte, aus der sie nicht herauskam. „Ich wollte Sie nur daran erinnern, dass Sie mit niemandem zusammen sein müssen, der Sie nicht richtig behandelt. Wenn Sie Probleme haben, können Sie sich jederzeit an den nächstgelegenen Alpha wenden. In Haines ist mein Alpha Kyle –"

„Nein, nein, warten Sie, Sie verstehen das nicht." Ihre sofortige Ablehnung löste einen weiteren Anflug von Misstrauen aus. Sie riss sich unglaublich schnell wieder zusammen. „Das ist wahnsinnig nett von Ihnen, aber nein. Ich bin nicht in Schwierigkeiten. Und Chad macht mir wirklich keinen Ärger. Ich meine." Sie rümpfte die Nase. „Nichts, womit ich nicht klarkommen würde."

Jared nickte langsam. „Okay."

Keri trat zurück und lächelte. „Na dann, nächste Reparatur? Die Schranktür. Hier entlang bitte."

Ihr erzwungen-fröhlicher Ton ging ihm auf die Nerven. Was auch immer sonst vor sich ging, allein das war ein klares Zeichen dafür, dass sie ihm nicht die ganze Wahrheit sagte.

Dennoch konnte er in diesem Moment nicht viel tun. Er folgte ihr schnell ins Schlafzimmer. Sie blieb abrupt stehen, viel früher, als er erwartet hatte, und rannte ungebremst gegen sie.

Sie fiel nach vorn, und Jared versuchte, sie beide abzufangen. Er hakte seine Finger in ihren Gürtel, und gemeinsam gerieten sie für den Bruchteil einer Sekunde aus dem Gleichgewicht. Es half nichts, die Schwerkraft siegte. Sie fielen und landeten mit einem leisen Grunzen auf dem Bett. Keri war unter ihm gefangen, und er spürte jeden Zentimeter ihrer Muskeln, ihren weichen Po unter seinem Schritt. Er rollte von ihr herunter, als stünde sie in Flammen.

Verdammt. Das Letzte, was sie brauchte, wenn sie einen Idioten zum Freund hatte, war, dass sie überall nach einem fremden Wolf roch.

Er rollte zu weit und stieß gegen das Kopfteil. Das eingebaute Bücherregal kippte nach vorn, und Schmuck und Bücher fielen auf ihn.

„Oh, scheiße, das tut mir leid."

Sie kletterte hinüber und brachte das Regal wieder in die Vertikale, bevor sie ihm dabei half, es wieder einzuräumen. „Mein Fehler. Ich habe nicht ... ich habe nicht nachgedacht."

„Hier. Lassen Sie mich helfen."

Er wollte die Bücher wieder ins Regal stellen, aber sie schüttelte den Kopf. „Wird nicht funktionieren. Lassen Sie sie einfach auf einem Stapel liegen, und ich erkläre, was passiert ist."

Würde sie seinetwegen in Schwierigkeiten geraten? „Lassen Sie mich erklären. Es war meine Schuld. Ich will nicht, dass sie deswegen gefeuert werden, okay?"

Sie saß auf der Bettkante und lächelte schwach. „Sie müssen sich keine Sorgen machen, dass ich gefeuert werde. Aber wenn Sie bitte die Tür reparieren könnten? Ich sollte mich um ein paar andere Dinge kümmern."

Jared ging verlegen zum Schrank. Was für eine tolle Hilfe er war. Er machte mehr Arbeit für sie, zusätzlich zu den Problemen, mit denen sie sich sowieso schon herumschlagen musste. Er schob die Tür zu und beobachtete sie aus dem Augenwinkel dabei, wie sie so gut sie konnte aufräumte. Ihr gesamtes Verhalten schrie, dass etwas nicht stimmte. Die Art und Weise, wie sie ihm immer wieder verstohlene Blicke zuwarf – in diesem Moment schwor er sich, dass er auf sie aufpassen würde. Nicht nur, weil sein Wolf es verlangte, sondern weil er sie irgendwie mochte. Sie hatte Feuer.

Und wenn mit Chad irgendwas faul war ...

Jared war vielleicht nicht der stärkste Wolf, aber er war nicht bereit, zuzusehen, wenn irgendjemand litt. Vor allem nicht jemand, an dem er interessiert war. Viel mehr, als es logisch erschien.

4

———

essa schleifte sie eine weitere Runde über die Laufstrecke, und Keri stöhnte. „Sind wir noch nicht fertig?"

„Jemand sehr Schlaues hat mir gesagt, dass ich meine Katze rauslassen soll. Glaub mir, ich brauche das. Und du wirst es brauchen."

Drei Tage. Drei lange, einsame, qualvolle Tage. Keri hatte es geschafft, jeden weiteren direkten Kontakt mit ihm zu vermeiden, und sogar versucht, nicht mehr an ihn zu denken. Im Geschenkeladen gab es kein Spielzeug, aber glücklicherweise hatte das winzige Badezimmer in ihrer Kabine nicht nur eine wandmontierte Dusche, sondern eine an einem Schlauch, die sie vor einer Sehnenscheidenentzündung bewahrte. Der Paarungsdrang hatte sich zu einem konstanten Pochen entwickelt, als wäre ihr ganzer Körper ein einziger riesiger Mückenstich, eingerieben mit Giftefeu und mit Juckpulver bestreut.

Doch es war viel erträglicher, als sie erwartet hatte.

Natürlich hatte ihre Konzentration gelitten. Sie hatte es

geschafft, keine allzu seltsamen Ratschläge zu geben, vor allem, weil Tessa selbst alles im Griff hatte und den Job mit Bravour erledigte. Zum Glück für Keri hatte sie in den letzten vierundzwanzig Stunden keine einzige Panikattacke gehabt. Problemlösung würde im Moment mehr mentale Kraft erfordern, als sie aufbringen konnte. Der Boden unter ihren Füßen war ein angenehm gefederter Laufboden, und die Sohlen ihrer Schuhe schlugen mit einem gleichmäßigen Klatsch, Klatsch, Klatsch auf die Strecke. Der gleichmäßige Rhythmus beruhigte sie, und langsam wurde der sexuelle Drang so gedämpft, dass sie tief durchatmen konnte.

Überall um sie herum waren Anzeichen dafür zu erkennen, dass das keine typische Alaska-Kreuzfahrt war. Ein riesiger Grizzly trottete auf allen Vieren vorbei, zwei Pumas sprinteten auf der anderen Seite der Strecke, deren gelbbraunes Fell kaum mehr als eine Bewegungsunschärfe war. Lautes Triumphjaulen erklang, als einer eine Körperlänge vor dem anderen die imaginäre Ziellinie überquerte.

Keri wollte lächeln und alles in sich aufsaugen, um die pure Freude zu genießen, eine Wandlerin zu sein. Wenn sie nicht so verdammt geil gewesen wäre, wäre das Leben wunderbar.

Schließlich führte Tessa sie zu den Dehnmatten. Vor der langen Reihe raumhoher Fenster brachen die Wellen am Ufer der kleinen Inseln, an denen das Schiff vorbeifuhr. Der Himmel war heute grau, der Horizont und die Wasseroberfläche verschmolzen in der Ferne und erweckten die Illusion einer endlosen Wasserstraße, die in den Himmel ragte.

Keri sank zu Boden und stöhnte, als ihre angespannten Muskeln dagegen protestierten, gedehnt zu werden. „Im

Moment hasse ich dich, aber danke, dass du mich aus meiner Kabine geholt hast. Ich habe das gebraucht."

Neben ihr machte Tessa einen Sit-up nach dem anderen, wobei sich ihre Stimme beim Sprechen kaum veränderte. „Vielleicht brauchst du bald mehr als nur ein Workout. Das ist streng geheim, aber es hat Ärger gegeben."

„Stimmt was nicht?" Es konnte nicht so schlimm sein, denn Tessa zitterte nicht wie eine Katze, die man in die Badewanne geworfen hatte.

„Wir haben einen Dieb auf dem Schiff."

„Wirklich?" Keri drehte sich zu ihrer Freundin um. „Du hast Berichte über fehlende Sachen?"

Tessa nickte. „Bei den ersten Paaren hieß es: *Wir sind uns nicht sicher, ob wir es verlegt haben. Können wir im Fundbüro nachsehen?* Aber mittlerweile sind es zu viele, als dass es ein Zufall sein kann."

Oh, das war nicht gut. „Großes Zeug, kleines Zeug?"

„Leicht zu stehlende Wertgegenstände. Uhren und Schmuck, die sie auf den Ablagen in ihren Kabinen liegengelassen haben."

Keri starrte ihre Freundin überrascht an. „Warum hast du mir nicht früher was davon gesagt?"

Tessa setzte sich schnell hin und lächelte verlegen. „Du meinst, warum bin ich nicht früher deswegen ausgeflippt?"

Irgendwie. „Machst du dir keine Sorgen?"

Tessa seufzte. „Darüber bin ich schon hinaus. Jetzt bin ich wütend. Aber ich habe es dir nicht gesagt, weil der Rat, den du mir zu Beginn der Reise gegeben hast, richtig war. Ich wusste, was zu tun war. Ich habe mich darum gekümmert – ich habe die Leute beruhigt und die üblichen Systeme überprüft. Aber wir sind an einem Punkt angelangt, an dem wir herausfinden müssen, was passiert, weil es sonst Ärger geben wird. Ich will nicht, dass diese Kreuzfahrt als die mit dem Dieb in Erinnerung bleibt."

Keri stimmte zu. „Nun, gut für dich, dass du so stark loslegst, und ich werde tun, was ich kann. Hast du einen Verdacht?"

Ein Schulterzucken. „Chad dachte, die einzige Ähnlichkeit zwischen –"

„Chad?" Noch jemand, den sie gemieden hatte, denn wie sollte sie ihm erklären, dass seine Berührung jetzt ausreichte, um einen Würgereflex auszulösen? Sie musste es entschlossen tun, aber ohne die Tatsache zu verraten, dass ihr Gefährte an Bord war. Doch der Mann war unerbittlich – sie hatte sich nicht in irgendwelchen Schränken verstecken müssen, um ihm aus dem Weg zu gehen, aber es war knapp gewesen. „Du hast mit Chad darüber gesprochen?"

„Er war derjenige, der mir die ersten Fälle gemeldet hat. Die Leiterin des Zimmerservice hat ihn mit Neuigkeiten überhäuft. Oft genug, dass er das Bedürfnis verspürt hat, sich dazu herabzulassen, mir Bericht zu erstatten." Tessa legte eine Hand auf Keris Schulter. „Ich habe dir keine Geheimnisse vorenthalten und schon gar nicht, um sie stattdessen mit Chad zu teilen."

Eine Hitzewelle lief über Keris Gesicht. Das war unangenehm. „Nicht, dass du mir Bericht erstatten müsstest oder so. Und du und er habt schließlich viel gemeinsam. Seit Ewigkeiten Freund der Familie und so weiter."

„Bitte. Denk nicht an sowas. Ich und Chad? Igitt. Er wäre der letzte Wolf, mit dem ich irgendwas anfangen wollte."

„Hey, manche Mädchen stehen auf den besten Freund ihres älteren Bruders." Tessa verzog ihr Gesicht zu einer schiefen Grimasse, und Keri lachte. „Okay, ja, ich weiß, dass du schon mehrmals gesagt hast, dass er nicht dein Typ ist."

„Absolut nicht. Außerdem dachte ich, du und er würdet euch gegenseitig schmachtende Blicke zuwerfen. Oder hast du etwa jemand anderen gefunden, der dich stundenlang in deiner Kabine beschäftigt?"

Keri hatte nicht gedacht, dass sie sich lange genug verbarrikadiert hatte, um vermisst zu werden. Gut, dass ihr übermäßiger Wasserverbrauch nicht zurückverfolgt werden konnte. „Nein, niemanden. Aber erzähl mir mehr über diese Elster in unserer Mitte. Was hat Chad gesagt?"

Tessa trat ans Fenster und blickte hinaus. „Er fragt sich, ob es jemand aus der Wartung sein könnte."

Keris Magen sackte in die Tiefe, prallte vom Boden ab und schlug gegen ihre Kehle. „Wartung?", quietschte sie.

„Bisher wurde fast immer dann etwas vermisst gemeldet, nachdem jemand eine Reparatur erledigt hat. Und, Keri?" Tessa rümpfte die Nase, als sie sich umdrehte und die Schultern gegen das Glas lehnte. „Die Fedoras haben gefragt, ob du neulich in ihrer Suite zufällig eine Brosche gesehen hast. Sie haben alles zurückgestellt, was vom Regal gefallen ist, als es umgekippt ist, aber Mrs. Fedora ist heute aufgefallen, dass sie ihre Diamant-Rubin-Brosche nicht finden kann."

Panik strömte durch Keri wie ein Glas Tequila und betäubte sie, obwohl sie sagte: „Ich habe nichts genommen."

Tessa runzelte die Stirn. „Natürlich nicht. Aber wir müssen das klären. Ich möchte in keinem unserer Anlaufhäfen die Polizei rufen müssen. Das ist ein Wandlerproblem, und außerdem braucht die Kreuzfahrtgesellschaft keine negative Publicity."

Keri zog sich schnell zurück. „Definitiv nicht. Keine

Sorge. Ich meine, ja, wir machen uns Sorgen, aber wir können damit umgehen. Ich meine, ich werde es versuchen. Ich meine ..."

Plappern? Nicht gut.

Ihre Freundin zog eine Augenbraue hoch und sah sie misstrauisch an. „Was verschweigst du mir?"

„Ich? Nichts. Alles ist gut. Danke für den Lauf und, Mann, schau, wie die Zeit vergeht." Keri riss das Handgelenk vor ihr Gesicht.

Sie trug keine Uhr.

Tessa schnaubte. „Wenn ich es nicht besser wüsste, würde ich denken, du hättest ein heißes Date oder so. Du benimmst dich wirklich seltsam."

Wenn sie da rauskommen wollte, ohne dass die legendäre Neugier der Katze ein Geheimnis nach dem anderen ans Licht brachte, musste Keri eine oscarreife Vorstellung hinlegen, und zwar sofort.

„Tut mir leid. Es ist nichts ..." Zeit für eine neue Taktik. Ablenkung. „... aber kann ich sagen, wie beeindruckt ich bin? Es ist, als wärst du eine andere Katze als die, die am ersten Tag fast einen Nervenzusammenbruch erlitten hätte. Ich bin stolz auf dich, dass du nicht in Panik geraten bist."

„Danke, aber ich bin mir nicht sicher, ob es daran liegt, dass ich mich damit abgefunden habe, dass die Reise eine Katastrophe wird, und es mich einfach nicht mehr kratzt, oder ob ich einen magischen Punkt des Nirwana erreicht habe und darauf vertraue, dass alles gut werden wird."

Keri deutete aus dem Fenster auf die Menge, die auf dem Deck unter ihnen spielte und sich entspannte. Es gab Paare, die auf Liegestühlen lagen und Getränke nippten. Leute beim Rasenbowling. Eine Gruppe in Wolfsgestalt kickte einen Ball herum, während ein halbes Dutzend Großkatzen über Geländer und in speziellen Hängematten drapiert lagen und ihre riesigen Pfoten zuckten, während sie schliefen.

„Das sieht für mich nicht nach einer Katastrophe aus. Es sieht so aus, als hätten viele Leute Spaß und wären begeistert, hier zu sein. Wir werden uns um die Diebstähle kümmern, das verspreche ich."

Tessa hob ihre Faust und streckte sie ihr entgegen. „Du bist die Beste."

Keri erwiderte ihren üblichen Gruß und gab sich große Mühe, munter und positiv zu wirken. „Lass mich wissen, was du sonst noch hörst, okay? Ich gehe duschen. Wir sehen uns beim Abendessen?"

„Ich reservier' dir einen Platz."

Sie verließen den Laufbereich in entgegengesetzte Richtungen, Tessa in Richtung ihres Büros, Keri angeblich in Richtung ihrer Kabine. Doch sobald sie um die Ecke bog und sich dem Blickfeld ihrer Freundin entzog, drehte sie sich um. Er rannte eine Seitentreppe hinunter, die zu den untersten Ebenen des Schiffes und den Mannschaftsunterkünften führte.

Was zum Teufel hatte ihr Gefährte vor? War er wirklich ein Dieb?

Sie starrte eine ganze Minute lang auf seine Kabinentür und überlegte, was sie tun würde. Es war kein Einbruch – sie hatte die uneingeschränkte Erlaubnis, die Personalunterkünfte auf dem Schiff zu betreten. Aber die Tatsache, dass sie hineinging, weil sie vermutete, dass er ...

Nein. Sie würde das nicht einmal denken. Es war schon schlimm genug, sich zu fragen, wie sie alles andere hinbekommen würden, zum Beispiel, wo sie leben und die Familie des anderen treffen sollten, und welchem Rudel sie sich anschließen sollten, und was alles, ohne auch noch darüber nachzudenken, ob ihr

Gefährte es gewohnt war, Zeit hinter Gittern zu verbringen.

Keri nahm ihren Mut zusammen und klopfte laut.

Als keine Antwort kam, warf sie einen Blick in beide Richtungen den Flur hinunter, benutzte dann ihre Schlüsselkarte und schlüpfte in sein Zimmer.

Erster Eindruck – ihre Knie gaben fast nach, als ihr sein Duft zum ersten Mal seit Tagen entgegenschlug. Der Duft in der Luft ließ ihr das Wasser im Mund zusammenlaufen, und all ihre unterdrückten Gelüste erwachten mit Energizer-Bunny-Begeisterung.

Sie stützte sich an der Wand ab und schloss die Augen, als sie ihren Körper wieder unter Kontrolle brachte. Diese Erkundung seines Zimmers diente nicht nur ihnen als zukünftige Gefährten, sondern auch Tessa. Wenn Mark ein Dieb war, könnte sie die Gegenstände so schnell wie möglich zurückbringen, und sie könnten von da aus weitermachen. Wenn nötig, würde sie seinen Arsch für die Dauer der Reise ans Bett fesseln – und würde dieses schöne Bild nicht noch mehr Hitzewallungen hervorrufen? –, aber sie würde ihn vor dem Gefängnis bewahren und die Kreuzfahrt gut zu Ende gehen lassen.

Es dauerte einen Moment, aber Keri schaffte es, sich zusammenzureißen. Überraschenderweise war es ihr Wolf, der ihr die Kraft gab, die sie brauchte. Das Biest versuchte verzweifelt herauszukommen, aber anstatt Frustration war das stärkste Gefühl Zustimmung. Das Tier verspürte ein Gefühl des Friedens, wenn es vom Duft seines Gefährten umhüllt wurde. Keri atmete langsam aus, und ihr Wolf grollte zufrieden, zum ersten Mal seit Tagen zufrieden.

Als würde sie warten.

Keri schüttelte den Kopf. Ein Wandler zu sein war cool, aber verwirrend. Der Wolf war sie, und sie war der Wolf, aber es gab Zeiten, in denen die Wolfseite für den menschlichen Verstand keinen Sinn ergab.

Ein kurzer Blick durch den Raum zeigte nichts Ungewöhnliches, also machte sich Keri daran, ihn genauer zu erkunden. Sie öffnete den Schrank und stellte überrascht fest, wie wenig Kleidung darin hing. Die grünen Crocs, die sie bei ihm gesehen hatte, lagen neben einer brandneuen Sporttasche am Boden. Die abgewetzten Jeans, in denen er am ersten Tag so lecker ausgesehen hatte, hingen neben einem Shirt. Am Ärmel baumelte ein Preisschild der Schiffsboutique.

Sonst war da nichts. Keine Jacke, keine zusätzliche Kleidung. Keri öffnete die Schubladen der Kommode und fand ein paar Packungen Unterwäsche, eine Packung Socken und ein T-Shirt, alle ebenfalls mit Preisschildern aus der Boutique. Der Kassenbeleg lag daneben, und sie sah sich die aufgelisteten Verkaufsartikel genauer an.

Eine Hose, das Hemd, ein Paar Laufschuhe. Zahnpasta und Zahnbürste. Rasierer. Shampoo und Seife. Eine Sporttasche.

Hatte er nichts auf das Schiff mitgebracht?

Sie erinnerte sich an den rennenden Mann am Hafen und überlegte noch einmal, ob Mark der Mann gewesen sein könnte. Aber warum war er auf dem Schiff geblieben?

Das Fehlen jeglicher Kleidung war verdächtig, aber als sie weiter suchte, fand sie keine Spur von Schmuck. Es gab nirgends etwas Verstecktes – er hatte so wenig in seiner Kabine, dass es einfach genug war, alles zu erfassen.

Er war nicht der Dieb, oder er hatte die Gegenstände woanders versteckt. Wie dem auch sei, etwas war faul.

Keri blickte sehnsüchtig auf das Bett. Die Laken waren zerknittert, und sein halbherziger Versuch, die Bettdecke glattzustreichen, hatte nicht wirklich geholfen. Sie gab ihrem Verlangen nach und zog ihre Schuhe aus. Ihr eigener Duft war überall, sodass er sofort wissen würde, dass sie in seinem Quartier gewesen war. Vielleicht würde eine klare Botschaft ausreichen, um ihn zu beunruhigen, wenn er in etwas Illegales verwickelt war. Eine „Schau jetzt nicht hin, aber ich beobachte dich"-Nachricht.

Oh, Bullshit. Sie wollte ihm keine Warnung hinterlassen, sie wollte sich nur eine Minute in seinem Bett herumrollen, um sich selbst in den Wahnsinn zu treiben. Sie kroch unter das Laken, zog es über ihren Kopf und umgab sich mit seinem Duft wie ein Kind, das in ein Schwimmbad springt. Das juckende, sehnsüchtige, pulsierende Verlangen ihres Wolfs beruhigte und erhitzte sie zugleich. Sie musste ihn dazu bringen, sie auszuziehen. Sein Gesicht zwischen ihren Beinen zu vergraben und sie zu lecken, bis sie schrie. Musste spüren, wie er sich auf ihr niederließ und sie nahm, wie seine Zähne in ihr Fleisch eindrangen, wenn er sie beanspruchte.

Keri ließ sich von dem Gefühl überwältigen, während sie vor Verlangen schwer atmend dalag. Nur noch eine Minute, dann würde sie sich losreißen und mit der Suche nach dem Dieb weitermachen.

Jared fluchte, als er versuchte, weiter unter das Waschbecken zu kriechen. Dämliche Kreuzfahrtschiffe mit ihren winzig kleinen Badezimmern. Dämliche Kreuzfahrtschiffe mit ihrer endlosen Liste an Wartungsproblemen, von denen er anscheinend alle beschissenen bekam – und er wusste genau, wem er das zu verdanken hatte.

Drei Tage. Er saß seit drei verdammten Tagen auf

diesem Schiff fest, und bisher hatte es für ihn keine Gelegenheit gegeben, zu entkommen.

Als sie zum ersten Mal in einem Hafen angelegt hatten, war er mit anderen Besatzungsmitgliedern dabei gewesen, die Pumpen am Schwimmbecken zu reparieren. Zum Glück hatte er gewusst, wie man das macht. Unglücklicherweise war er der Einzige, der das wusste, also war es nicht so, dass er die anderen Jungs im Stich lassen und fliehen konnte. Auch wenn es verlockend war, zu verschwinden und die Rückfahrt auf einem Schnellboot nach Haines zu buchen – er würde sich notfalls ein Boot kaufen, um nach Hause zu kommen –, aber die anderen waren auf dem Schiff, um wirklich zu arbeiten. Sie brauchten das Geld, und er wollte nicht, dass sie seinetwegen nicht bezahlt wurden.

Sein verdammter Märtyrerkomplex hatte ihm auf diesem zufälligen Ausflug mehr Arbeit eingebracht, als er seit Jahren geleistet hatte. Zusammen mit der Tatsache, dass er es sich am ersten Tag mit Chad verscherzt hatte ...

Ja, die Fähigkeit, Freunde zu gewinnen und Leute zu beeinflussen – er hatte sie. Seine Eltern hatten ihn immer gewarnt, dass sein schräger Sinn für Humor ihn eines Tages in Schwierigkeiten bringen würde, und wie es schien, war jetzt *eines Tages*. Chad eskortierte ihn persönlich zu den schmutzigsten Jobs und erzählte ihm, dass, wenn *Mark* hart arbeitete und Glück hatte, er es vielleicht auch eines Tages in die Oberschicht schaffen würde und nicht mehr Sklavenarbeit leisten müsste.

Jared wollte das verdammte Schiff kaufen und es Chad in seinen Oberschicht-Arsch schieben.

Jetzt war also Tag vier, fast Halbzeit der Kreuzfahrt, und er fragte sich, ob es sich überhaupt lohnte, zu versuchen, das Schiff zu verlassen. Die Arbeit war scheiße, er vermisste seine Kaffeemaschine, aber wenn er ginge, musste er an eine andere Sorge denken, die auch mit Chad zu tun hatte.

Keri.

Er hatte sie aus der Ferne beobachtet, wann immer er konnte. Was irgendwie gruselig war und überhaupt nicht seine Vorstellung vom Umgang mit einer Frau. Er machte sich Sorgen um Keri, und es war wichtig sicherzustellen, dass Chad sie richtig behandelte. Aber mehr als das, sie in seinen wenigen freien Momenten zu stalken, war die einzige Möglichkeit, seinen Wolf so zufriedenzustellen, dass er überhaupt Ruhe finden konnte. Die Kreatur bestand darauf, dass sie bei der Frau vorbeischauten. Ihr vielleicht ein paar Schichten Kleidung vom Körper rissen. Ihr ein echtes Lächeln ins Gesicht zauberten – und sein Wolf hatte versucht, die Bilder, die ihm in den Sinn kamen, so spezifisch wie möglich zu machen, was ein ziemlich schmutziges Spiel seitens des Tiers war.

Sein Wolf wollte die Frau, oder genauer gesagt, den Wolf der Frau, so sehr, dass es an Besessenheit grenzte.

Keri war nicht glücklich. Wenn sie lächelte, erreichte es nie ihre Augen. Und obwohl er nicht die ganze Zeit da gewesen war, hatte er genug gesehen, um zu bemerken, dass sie sich bei den wenigen Malen, als er sie beobachtet hatte, von Chad zurückzog, als hätte er einen unangenehmen Geruch oder sowas.

Hatten sie einen Streit unter Liebenden gehabt?

Jared vertraute dem Kerl nicht. Er schien der Typ zu sein, der seine Launen an einem Mädchen ausließ, um zu bekommen, was er wollte.

Es blieb uns nichts anderes übrig, als den Rest der Reise abzuwarten. Zumindest würde er ein bisschen Freizeit haben – der Plan sah eindeutig vor, dass er nach Abschluss dieser Arbeit den Rest des Tages freihatte. Selbst der Sklaventreiber Chad konnte den Arbeitsplan nicht ohne Genehmigung und Bezahlung von Überstunden ändern. Was das Arschloch nicht tun würde, weil Jared vermutete, dass er das zusätzliche Geld für eine wunderbare Sache hielt.

Jared drehte den Schraubenschlüssel fester. Ja. Heute Nachmittag wollte er sich einen ruhigen Platz an Deck suchen und sich sonnen. Schlafen. Vielleicht ein Bier kaufen und entspannen ...

Argh, nein. Wem versuchte er was vorzumachen? Er wollte duschen, sich einen runterholen, dann Keri finden und versuchen, ihr unauffällig zu folgen. Wieder mal.

Besessen. Es war nicht nur das Biest, das es ordentlich erwischt hatte.

Er zog den Verschluss noch weiter fest, und der obere Teil des Rohrs brach auseinander, und kaltes Wasser spritzte überallhin. Eine Ladung traf ihn direkt in die Augen, und er griff blind nach dem Wasserabsperrhahn.

Als es ihm gelang, den Schwall aufzuhalten, war er klatschnass, und sein einziges einigermaßen trockenes Kleidungsstück, seine Arbeitshose, benutzte er, um die Pfütze zu seinen Füßen zu reinigen. Jared saß einsam auf dem Boden und wünschte, er wäre fünf und könnte schmollen. Verdammter Kahn. Verdammte Wasserhähne.

Er lachte. *Armer kleiner Jared.* Er riss sich aus seiner Verzweiflung, wischte den Boden auf und brachte alles so gut es ging in Ordnung, bevor er sein Walkie-Talkie benutzte.

„Tut mir leid, Leute, die Hauptleitung ist gebrochen. Jemand muss Teile mitbringen, um sie zu ersetzen.“

Einer aus dem Team, mit dem er zuvor zusammengearbeitet hatte, reagierte schnell. „Ich kann es für dich fertig machen. Es ist dein freier Nachmittag. In welcher Kabine bist du gerade?"

Jared sagte es ihm und blickte dann an sich herunter. „Wenn ich meine nassen Sachen hierlasse, kannst du sie dann für mich mitnehmen?"

Sein Kollege lachte. „Das hast du gut gemacht, oder? Keine Sorge. Ich bringe einen Wagen zum Saubermachen mit. Ich werde deinen Kram im Bad des Crewraums aufhängen."

„Großartig. Ich gehe zurück in meine Kabine, um trockene Klamotten zu holen. Ich glaube nicht, dass es den Passagieren gefallen würde, wenn ich mit tropfnassen Klamotten die Teppiche tränken würde."

„Ja, die Teppiche wären dem Management schwer zu erklären."

Jared warf seine nassen Sachen in die Wanne, bevor er wandelte. Er hätte wahrscheinlich nackt durch die Gänge laufen können – die meisten Wandler waren in solchen Dingen ziemlich cool –, aber er war sich der genauen Regeln für Crew und Passagiere nicht sicher, und im Moment wollte er auch keine besondere Aufmerksamkeit in seine Richtung lenken. Doch wenn er als Wolf durch die Korridore streifte? Niemand würde ihn eines zweiten Blicks würdigen.

Er nahm seinen Arbeitsgürtel ins Maul. Das war der einzige Gegenstand, den er nicht zurücklassen konnte. Chad würde ihm wahrscheinlich das Dreifache für den Ersatz in Rechnung stellen, wenn irgendwas verloren ging. Es war nicht das Geld; es war die Schadenfreude, mit der Jared nicht umgehen konnte.

Er verließ die Kabine und trottete nach unten, nahm die Treppe und schlüpfte an den Restaurants und Spielzimmern vorbei. Zum Mittagessen wurde gerade etwas Wunderbares gekocht, und er hielt inne, um den köstlichen Duft zu genießen, der in der Luft lag.

Hmmm. Kleidung trocknen, Mittagessen, *dann* stalken.

Nachdem er den gesamten Nachmittag verplant hatte, setzte er den Weg in die Tiefen des Schiffs und zu seiner Kabine fort. Der wunderbare Duft des Mittagessens verflüchtigte sich, nur um durch etwas anderes ersetzt zu werden, das noch köstlicher war. Jared ging schneller, während die Werkzeuge in seinem Gürtel klirrten, als er weiter trottete und dem unglaublichsten Duft folgte, den er je wahrgenommen hatte. Es ließ sein Fell zu Berge stehen, und allerlei köstliche kleine Pheromone erwachten zum Leben.

Mit jedem Schritt wuchs sein Verlangen. Sein Eifer, herauszufinden, was genau vor ihm lag, trieb ihn dazu, joggen zu wollen. Er bremste sich nur, damit die Werkzeuge nicht aus dem Werkzeuggürtel fielen oder der ihm ins Gesicht schlug.

Unglaublicherweise führte die Duftspur direkt zu seiner Kabinentür. Er ließ sich auf den Boden sinken und schnupperte vorsichtig. Eine Wolke des stärksten Aphrodisiakums umgab ihn, und er konnte sein Freudengeheul kaum unterdrücken.

Seine Gefährtin?

War dieser Duft, der ihn verführte, wirklich seine Gefährtin?

Seine Wolfsseite erwachte brüllend zum Leben und drängte ihn, in die Gänge zu kommen. Er verwandelte sich wieder in einen Menschen, und seine Fähigkeit zu riechen verschwand abrupt, wie üblich. Der Mangel an olfaktorischem Input in dieser Gestalt erlaubte es ihm, seine Hände ausreichend zu kontrollieren, um seine Zimmerkarte aus seinem Werkzeuggürtel zu nehmen und das Schloss zu öffnen.

Jared stieß die schwere Tür auf und blickte in die großen Augen von Keri, die in der Bettdecke verheddert mitten auf seinem Bett saß.

5

Ihre Zunge war nicht da, wo sie sein sollte.

In den fünf Sekunden, seit sich die Tür zu öffnen begonnen hatte – in denen herzinfarktartige Symptome ihren Körper elektrisierten, als sie aufsprang, um sich demjenigen zu stellen, der gerade dabei war, zu entdecken, dass sie unerklärliche Dinge mit dem Bett eines Besatzungsmitglieds tat –, hatte sie ihren Mund geöffnet, um zu schreien, und dann innegehalten, als das mittlerweile vertraute Gesicht ihres Gefährten vor ihr aufgetaucht war.

Etwas fühlte sich immer noch seltsam an. Ihr Gehirn schien zu brodeln und zu schäumen, bis es endlich begriff. Ihre Zunge? Sie musste sie verschluckt haben. Da steckte definitiv etwas in ihrem Hals, als er mit einem Arm die Tür offenhielt und sein nackter Körper wie ein erotisches Kunstwerk in der Öffnung gerahmt war.

Nackt. *Oh du meine Güte.*

Sie begann bei seinen Zehen und arbeitete sich nach oben. Während er in Jeans beeindruckend aussah, war er nackt noch besser. Ein nackter Wolf hatte ein unglaubliches Aussehen – seine Muskeln waren ausgeprägter als bei

Katzen- oder Bärenwandlern. Und, meine Güte, sie war dankbar für all seine Muskeln. Tatsächlich war sie auf sie fixiert. Vertieft in die Art und Weise, wie sich seine Oberschenkelmuskeln anspannten, als er den Raum betrat. Ihr Blick wanderte nach oben, und die verdammte Zunge, die in ihrem Hals steckte, störte sie erneut, als sie versuchte zu schlucken. Er war ... auch über den Oberschenkeln mehr als ausreichend.

Im selben Moment ertönte ein scharfes Husten, als die Tür ins Schloss fiel.

Sie war fasziniert und starrte auf seine Scham.

Oh du meine Güte.

Als er in die Hocke ging und sein Kopf auf ihre Augenhöhe kam, spannten sich erneut seine Muskeln an. Als sein Lächeln in Sicht kam, lockerte sich die Enge um ihren Hals ein wenig.

„Hi." Das Wort kam als Quietschen heraus. Ein Wort schien im Moment ihre maximale Kapazität zu sein.

Sein Grinsen wurde breiter. „Das ist die Art von Zimmerservice, nach der ich mich gesehnt habe. Aber wenn es dir nichts ausmacht ... ich muss schnell noch eine Sache überprüfen."

Sie sah verwirrt zu, wie er einen Werkzeuggürtel — warum war er nackt, trug aber einen Werkzeuggürtel bei sich? — auf den Beistelltisch neben dem Bett legte. Dann verwandelte er sich in seinen Wolf und sprang neben sie.

Er war dunkelgrau, hatte einen schlanken Körper und eine wunderschöne Zeichnungen auf der Brust. Er strich mit seinem weichen Fell über ihren Arm, und sie rutschte ein Stück, um ihm mehr Platz zu machen. Als er seine Schnauze neben ihr Ohr hielt und schnupperte, zitterte ihr eigener Wolf heftig.

Zu diesem Zeitpunkt war es ihr egal, was er überprüfen

wollte, solange er sich bald zurückverwandeln und sich hart und schnell mit ihr ans Werk machen würde. Alle Gedanken, noch länger durchzuhalten, flogen durch das kleine Bullauge hinaus. Er war ihr Gefährte, sie lag in seinem Bett und pfeif auf die Konsequenzen. Diebstahl, Kreuzfahrten, beste Freunde. All ihre menschlichen Sorgen verschwanden und wurden durch einen Hunger ersetzt, der größtenteils animalischer Natur war.

Sie packte den Saum ihres T-Shirts und zog es aus. Als sie aus ihrer Jeans schlüpfte, hatte er wieder seine menschliche Gestalt angenommen, und sein sexy Grinsen verwandelte sich in eine Mischung aus Erstaunen und heftigem Hunger.

„Du bist meine Gefährtin." Das Staunen in seiner Stimme brachte sie zum Lächeln.

„Ja."

„Warum hast du nichts gesagt?" Er nahm ihr Gesicht in seine Hände, sein Daumen streichelte ihre Wange.

Keri hielt inne. „Du wusstest es nicht?"

Sein Blick fiel auf ihren Mund. „Ich weiß es jetzt."

Er beugte sich vor, nur ein kleines Stück, und Keris Herz machte einen Satz. Der Luftstoß von seinen Lippen streichelte sie wie ein Schmetterlingsflügel einen Sekundenbruchteil, bevor sie einander berührten.

Einen Finger in eine Steckdose zu stecken wäre von nun an langweilig. Nicht, dass sie oft mit Elektrizität gespielt hätte, aber die alten Zeichentrickfilme ließen jeden einzelnen Knochen blitzen, wenn ... Sie verlor den Faden ihres Gedankengangs als seine Zunge über ihre Unterlippe glitt.

Sie verschmolz zu einer glücklichen Pfütze, packte seine Schultern und zog ihn über sich, ohne, dass ihre Münder voneinander abließen. Sie zitterte vor Verlangen, aber er drückte sie mit seinem Gewicht aufs Bett und hielt sie fest, eine Hand immer noch auf ihrem Gesicht, während er sie besinnungslos küsste.

Zunge. Zähne. Lippen. Luft. Es war alles ein Gewirr aus Gefühlen und Sehnsüchten, und sie wünschte sich in diesem Moment nichts sehnlicher, als ihn für immer zu küssen. Zwischen ihren Beinen pulsierte ein heftiges Verlangen, aber selbst das konnte für einen Moment ignoriert werden, denn das Küssen ihres Gefährten war anders als alles, was sie jemals zuvor erlebt hatte.

Höhepunkte? Wilde sexuelle Ausgelassenheit? Sie war eine Wölfin und hatte im Laufe der Jahre einiges davon erlebt, aber diese Erlebnisse verschwammen zu einer halb vergessenen Geschichte – ähnlich der Lektüre von Moby Dick in der Schule. Es ging darum, dass jemand etwas verfolgte, und es war eine Harpune im Spiel, aber die restlichen Details waren verschwommen.

Er rollte sich auf den Rücken und zog sie auf sich. Plötzlich las sie die verdammten *Königs Erläuterungen*, und alles ergab einen Sinn, besonders der Harpunenteil. Wieder streichelte er ihre Zunge mit seiner. Seine Finger strichen durch ihr Haar, während er sie nach seinen Wünschen zog und arrangierte.

Sie setzte sich rittlings auf ihn, seine Erektion lag fest an ihrem Bauch, und das Prickeln wurde stärker. Keri legte eine Hand auf beide Seiten seines Kopfes und zwang ihre Lippen von seinen weg. Das Leuchten in seinen Augen war einfach himmlisch.

„Hi." Sein Blick fiel auf ihre Lippen, und er zeichnete sie noch einmal nach. „Du schmeckst gut."

Ein Knurren brach ungewollt heraus, und sein Grinsen wurde breiter.

Ja, Langsamkeit war nett, aber sie wollte mehr als nur nett. Sie wollte schreien und rammeln und ...

Sie beugte sich vor und küsste seinen Hals, und diesmal war er derjenige, der knurrte. Sie knabberte an ihm, und er richtete sich ein Stück auf, während sich starke Bauchmuskeln unter ihr anspannten. „Oh Gott, Frau. Bist du bereit dafür?"

„Für meinen Gefährten?" Keris Verstand war an nichts anderes als an die sinnlichen Stellen ihres Körpers gebunden. „Ist das irgendwer? Machst du dir Sorgen?"

„Nein. Ich gehöre dir, du gehörst mir. Ich bin frei und ungebunden und weit über einundzwanzig, und wenn ich nicht in etwa dreißig Sekunden in dir bin, werde ich sterben." Er unterstrich seine Worte, indem er seine Zähne in ihren Hals grub und sie festhielt, während er ihr den BH auszog.

Dreißig Sekunden wären viel zu lang,

„Ich gehöre dir. Ich weiß, dass du gedacht hast –" Oh, verdammt, er riss ihr Höschen an der Hüfte auseinander, und plötzlich fiel die Erklärung, dass Chad nicht wirklich ihr Freund gewesen war, von der Tagesordnung und wurde schneller zu Asche, als wenn man ein Stück Zahnseide an die Flamme einer Lötlampe hielt.

Keri hob ihre Hüften, und ihr Gefährte strich mit seinen Fingern über ihre Scham und tauchte hinein. Als er ihre Klitoris umkreiste, als wollte er sie zuerst zum Kommen bringen, nahm sie die Sache selbst in die Hand, packte seinen erigierten Schwanz und schob die breite Kuppe zwischen ihre Falten.

„Argggh" oder etwas Ähnliches kam über seine Lippen.

Keri stützte ihre Hände auf seine Schultern und starrte ihm in die Augen, während sie auf ihn sank und sie verband.

Ausgefüllt und gedehnt, um nicht nur ihren Körper zu füllen, sondern auch, um sich um ihre Seele zu legen und sie dort zu erfüllen. Es war ein Rausch und ein Nervenkitzel, genau wie es bei Wölfen sein konnte, und sie würde sich sicher nicht beschweren, dass es zu schnell ging. Sie hob und senkte sich einmal, bevor er seine Arme um sie schlang und sie erneut um den Verstand küsste.

Wenn er sie nicht bremste, würde er auf der Stelle kommen. Es war schon schlimm genug, dass sie ihn gefesselt hatte, und sie hatten schon Sex. Er hatte noch nie eine Frau genommen, ohne sicherzustellen, dass sie Spaß hatte, und das war seine Gefährtin.

Gefährtin, oh verrückter Tag, er hatte Sex mit seiner Gefährtin.

Langsam machen – eine gute Idee, aber die Realität ihrer Wölfe und ihr Geruch in seinem Verstand machten diesen Plan zunichte. Für langsam war später Zeit. Vielleicht morgen. Oder nächste Woche. Nächste Woche wäre vielleicht möglich.

Trotzdem musste er sich mit dem Druck auseinandersetzen, denn sie umzudrehen und sie durch die Matratze zu rammeln, war seiner Meinung nach nicht das erste romantische Mal, das sich die meisten Frauen wünschen würden. Er drehte sie, bis seine Füße den Boden berührten, küsste sie auf die Wange, leckte ihren Hals, bevor er ihren Mund in Besitz nahm und so gut er konnte in ihren Geschmack eintauchte.

Sein mangelnder Geruchssinn war schon immer blöd gewesen, aber das? Besser als er erwartet hatte. Sie schlich sich in sein System, als er sie küsste. Langsam, aber beharrlich – überwand seine körperliche Schwäche mit purer Kraft.

Er ließ seine Hände zwischen ihre Körper gleiten, um ihre Brüste zu liebkosen, wobei er mit Daumen und Zeigefinger ihre Brustwarzen gefangen hielt. Er brachte sie in Habachtstellung, bevor er sie zurückschob. Keri bog sich ihm entgegen und bedeckte mit seinem Mund erst einen festen Gipfel, dann den anderen. Saugte hart, leckte sanft. Sie wand sich und rieb sich über seinem Schwanz, und überzog ihn dabei mit Hitze und Feuchtigkeit.

Vielleicht wäre diese *Mach es jetzt*-Sache für sie in Ordnung.

Dann fing sie sein Ohr mit ihren Zähnen und biss zu, und seine Gedanken verpufften.

Er stand auf, ihren Po in seinen Händen. Sie schlang instinktiv ihre Beine um ihn, aber es dauerte nur zwei Schritte, bis er die Tür fand und sie dagegen drückte. Sie klammerte sich an seine Schultern, als er sie hochhob und dann tief in sie hinein stieß.

Die Tür knarrte und ächzte fast genauso laut wie sie.

„Oh, Mark, das fühlt sich *gut* an." Keri packte seinen Nacken und zog seinen Mund zurück zu ihrem, und er vergaß alles, außer, sie beide um den Verstand zu ficken. Ein Stoß nach dem anderen, ihre Zähne kratzten, ihre Nasen stießen aneinander. Fiebriger Sex und lautes Stöhnen und alles, was er spüren konnte, war sie um sich herum. Wie sie ihn gefangen nahm und für sich beanspruchte. Er passte den Winkel an, und als sie quietschte, als er ihre Klitoris berührte, lächelte er.

Und tat es nochmal.

Nach drei weiteren Stößen sang sie entzückt, bevor sie ihre Zähne an seine Schulter drückte und zubiss.

„Keri ... oh, verdammt ja." Jared schüttelte die Schwäche ab, die drohte, seine Knie nachgeben zu lassen, und kämpfte um einen letzten Stoß, bevor er seinem Höhepunkt nachgab und sich in sie ergoss.

In seinem Kopf hörte er Worte. Eine weibliche Stimme. Eine sehr zufriedene weibliche Stimme. *„Du meine Güte."*

Jared lehnte sich schwer an sie und lächelte. Unglaublich. *„Keri?"*

Sie spannte sich unter ihm an, an die Wand gedrückt wie ein Schmetterling. *„Bist ... bist du das?"*

Die Gefährtenbindung wirbelte um sie herum. Sie war mehr als körperlich, jenseits seiner kühnsten Träume. Jared konzentrierte sich so gut er konnte, aber es passierten zu viele Dinge auf einmal, um mehr zu tun, als darum zu kämpfen, aufrecht zu bleiben. *„Ja, ich bin es. Gib mir einen Moment."*

Keris Gesicht war an seinem Hals vergraben, ihre Herzen pochten immer noch. Gott sei Dank hatte sie den Todesgriff ihrer Beine nicht gelockert, sonst hätte er sie vielleicht nicht halten können.

Eine weitere Minute brachte ihn so weit, dass er sich wieder bewegen konnte. Er richtet sich auf, und sein Schwanz glitt aus ihrem Körper. Er trug sie vorsichtig zurück zum Bett und ließ sie auf die zerwühlten Laken sinken. Er kletterte neben sie, starrte ihr in die Augen, sah die Röte auf ihren Wangen, konzentrierte sich auf ihre Lippen, und sie befeuchtete sie und sah ihn mit einem glücklichen Gesichtsausdruck an.

Er versuchte es noch einmal, das „In-ihren-Geist-sprechen", das nur Gefährten konnten. *„Hi, Liebes."*

Ihr Gesicht leuchtete wie ein Mondaufgang über dem Berg. *„Hi. Bist du glücklich?"*

Jared lachte. „Ich bin berauscht. Es tut mir leid, dass ich es nicht früher wusste. Du musst mich für einen Arsch gehalten haben."

Ihre Finger gruben sich in seine Haare. Sie schüttelte den Kopf. „Ich habe nicht verstanden, warum du mir nicht nachgegangen bist. Ich dachte, es hätte vielleicht was mit Chad zu tun."

Ick. „Du bist nicht ... du warst nicht ..."

Ihre Antwort sprudelte heraus. „Oh, nein! Er ist nur ein Freund der Familie. Ich gehöre dir."

Verdammt richtig. „Und ich dir."

Keri senkte für einen Moment ihre Wimpern. „Aber eine typische Wolfssituation – wir haben jede Menge zu besprechen, wie unsere Herkunft, Familie und alles. Nicht, dass ich mir Sorgen mache, denn ich meine, wir sind Wölfe. Ich gehe davon aus, dass wir schon klarkommen werden, da diese Seite im Moment ziemlich zufrieden zu sein scheint."

„Mehr als zufrieden." Jared lag neben ihr, und sein Körper berührte ihren an so vielen Stellen wie möglich. Sein Wolf brüstete sich mit seiner Eroberung, ein verdammtes Tier, aber er konnte nicht die Energie aufbringen, genervt zu sein. „Und wir werden ein schönes, langes Gespräch führen. Über alles."

Einschließlich des Teils darüber, dass er nicht Mark, sondern jemand anderes war. Nur war er der Meinung, ob Gefährten hin oder her, dass ein Gespräch nicht stattfinden sollte, wenn er nackt war.

Wölfinnen hatten einen zu ausgeprägten Sinn für Gerechtigkeit, und ihm gefiel der Gedanke, seine Hoden noch eine Weile länger behalten zu dürfen, nachdem er sie gefunden hatte.

„Wie wäre es mit einer Dusche? Dann lade ich dich

zum Mittagessen ein, und wir können über alles reden, was dir gefällt." Jared fuhr mit einem Finger über ihren Körper. Er passte seine Position an und stieß dabei so heftig gegen den Beistelltisch, dass sein Werkzeuggürtel zu Boden fiel. Er fluchte und wollte sich umdrehen, aber sie kam ihm zuvor, kroch über ihn und streckte sich in Richtung Boden. Hmm, nett. Vielleicht sollten sie noch nicht gehen ...

„Klingt wunderbar. Wir können in die – oh, scheiße." Keri brach mitten im Satz ab.

Er rollte sich neben sie, um zu sehen, was sie meinte. „Was ist los?"

Sie hielt seinen Werkzeuggürtel in einer Hand, der knapp über dem Boden hing, und ihre Augen waren vor Panik weit aufgerissen.

„Bist du okay? Was ist?" Er zog ihr den Gürtel aus den Fingern und ließ ihn auf die Matratze fallen. Er drehte schnell ihre Hände um. „Hast du dich geschnitten?"

Sie schluckte schwer, bevor sich ein Lächeln auf ihrem Gesicht ausbreitete. Ein kränkliches Lächeln, erzwungen und unnatürlich. „Mir geht's gut. Alles gut. Alles okay."

„Keri?" In den letzten dreißig Sekunden war etwas furchtbar schiefgelaufen.

„Dusche. Dusche ist in Ordnung." Sie kletterte vom Bett und ging auf die winzige Duschkabine zu.

Die Enttäuschung, die er empfand, als sie wegging, hielt ihn nicht davon ab, das unglaubliche Tattoo auf ihrem unteren Rücken zu bemerken. Er würde es sich gerne genauer ansehen – er hatte eigentlich vorgehabt, noch ein bisschen zu spielen, bevor er sie tatsächlich unter die Dusche begleitete, aber angesichts ihres plötzlichen Stimmungswandels war er sich nicht sicher, was er tun sollte.

Er folgte ihr zur Tür des winzigen Badezimmers. Sie hatte das Wasser aufgedreht und stand schon unter dem Strahl. In der türlosen Dusche war kaum Platz für sie, geschweige denn für ihn neben ihr, also lehnte er sich an den Türrahmen und starrte nach Herzenslust, auch wenn er über ihren plötzlichen Stimmungswandel rätselte.

Sie hielt ihr Gesicht dem Wasser entgegen, und er beobachtete, wie die Bäche über ihre Haut, ihren Hals und die Stelle flossen, an der er sie gebissen hatte. Er konnte nicht widerstehen, die Stelle zu berühren und seine Finger sanft über das Mal zu streichen. Keri drehte sich zu ihm um, und sein Herz schwoll an vor ... Liebe?

Diese Gefährtensache war ein fester Bestandteil ihrer Existenz als Wandler. Sie war jetzt ein Teil von ihm, und es tat weh, dass sie wegen etwas Unausgesprochenem angespannt und verärgert war. Er wollte, nein, er musste sie glücklich sehen.

Und obwohl das wahrscheinlich nicht der beste Zeitpunkt war, um ihr zu sagen, dass er eigentlich ein blinder Passagier war, war da noch eine andere Sache, die er ziemlich schnell klären könnte. „Keri? Ich bin froh, dass ich dich gefunden habe. Und es tut mir leid, dass ich es nicht bemerkt habe. Ich habe ein kleines Geheimnis, von dem ich dir erzählen muss ...”

Ihre Augen weiteten sich und strahlten vor Hoffnung und ein wenig Traurigkeit.

Traurigkeit?

„Du kannst mir alles erzählen, Mark. Ich bin deine Gefährtin, und ich verspreche, dich in jeder Hinsicht zu unterstützen.”

Die pure Entschlossenheit in ihrer Stimme war seltsam, aber die Mark-/Jared-Sache lenkte ihn ab. „Du darfst es bitte niemandem erzählen.”

Sie straffte ihre Schultern. „Ich werde das Beste für uns und für dich tun, auch wenn es schwierig ist."

„Es ist nicht wirklich meine Schuld, weißt du?" Jared fuhr sich mit der Hand durchs Haar und wollte sich selbst dafür ohrfeigen, dass er jetzt damit angefangen hatte. Er war immer noch nackt, und sie war verdammt noch direkt vor ihm und nackt, und er brabbelte über etwas, das nicht einmal das wichtigste Problem war, das sie hatten? „Egal."

Keri nahm seine Hände in ihre. Sie starrte ihm direkt in die Augen und drückte seine Finger, das Wasser prasselte von ihren Schultern ab und überzog ihn mit einem feinen Nebel. „Ich bin deine Gefährtin. Und was auch immer dich beunruhigt, ich bin da, um dir dabei zu helfen, da rauszukommen. Egal aus welchem Grund, ich werde dich nicht im Stich lassen."

Okaaaay ...

Nach ihrer kleinen Unterstützungsrede war er ein bisschen verwirrt. Was glaubte sie, dass er ihr sagen wollte? Dass er gern bei Vollmond in Elchblut badete?

„Ich kann nicht riechen." Die Worte schossen heraus.

Ihr blieb der Mund offen stehen.

Er sprach schnell weiter. „In meiner menschlichen Gestalt. Als Wolf kann ich riechen, weshalb ich erst dann endlich gerochen habe, dass wir Gefährten sind. Aber bei allen unseren vorherigen Begegnungen? Ich habe dich nicht absichtlich ignoriert." Er dachte an ihre Begegnungen zurück und wollte sich selbst in den Arsch treten. „Mann, du musst mich für einen Vollidioten gehalten haben. Es tut mir so leid."

Ihr Mienenspiel war fast komisch. Schock, Verwirrung, ein Funken Verständnis und dann ein Lächeln, wenn auch eines, das ihre Augen kaum erreichte. „Das ergibt jetzt viel mehr Sinn. Ich dachte nicht, dass du ein Idiot bist, obwohl es mich verwirrt hat." Sie warf einen Blick auf die Wände, an die sie auf beiden Seiten fast stieß. „Weißt du was? Lass uns in meine Suite gehen. Die Dusche da ist größer, und wir können so lange reden, wie wir wollen."

Jared nahm sein Handtuch und hielt es hoch, als sie nass und glitschig ausstieg, und, heilige Güte, er wollte sie in dieser Sekunde gleich nochmal bespringen. Er wickelte den Stoff um sie, seine Fingerknöchel strichen über ihre Brüste, während er die Enden des Handtuchs hineinsteckte.

Sie lachte. „Wofür war dieser Seufzer?"

„Habe ich geseufzt? Gott, Frau, was du mit mir machst."

Keri trat zurück und zeigte. „Du spülst dich ab, und dann kommst du zu mir. Ich muss ein paar Vorkehrungen treffen, damit wir den Rest des Tages füreinander Zeit haben."

Dass sie unwillkürlich ihren Blick auf seinen Körper senkte, verlangsamte den Blutfluss zu seinem Schwanz nicht. Er nahm ihre Finger in seine Hand und küsste ihre Knöchel, wobei er es irgendwie schaffte, sie nicht wieder in seine Arme zu ziehen. „Ich bin in ein paar Minuten da. Und das klingt wunderbar."

Keri zwinkerte, bevor sie sich abwandte, und er starrte glücklich geschockt auf ihren Po und ihre Tätowierung, als sie zum Bett zurückkehrte und sich anzog.

Seine Gefährtin. Er hatte wirklich und wahrhaftig seine Gefährtin gefunden.

Widerwillig betrat er die Dusche, sein Wolf kicherte vor Freude. „Ja, ja, du weißt alles, nicht wahr? Warum sagst du mir dann nicht, wie ich erklären soll, warum ich überhaupt auf diesem Schiff bin?", murmelte er seinem Tier zu.

Es beruhigte sich, immer noch selbstgefällig, als wollte es sagen, dass das eine ein Menschenproblem war und nicht seines. Der Wolf hatte seine Gefährtin gefunden, und alles war in Ordnung auf der Welt.

6

———

Ihre Hand zitterte so sehr, dass sie Angst hatte, die schwere Edelsteinbrosche, die auf ihrer Hand ruhte, würde erneut zu Boden fallen. Keri ließ ihre Finger über die Oberfläche gleiten, bis die Edelsteine über ihre Haut kratzten.

Himmel und Hölle, das hatte die letzte Stunde ihr gebracht. Endlich mit ihrem Gefährten zusammen zu sein, hatte sie vor Glück vollkommen auf den Kopf gestellt. Der Sex war fabelhaft gewesen, und sein Geständnis über seinen fehlenden Geruchssinn hatte die zuvor verwirrenden Situationen verständlich gemacht.

Erst als sie sich umgedreht hatte, um den Werkzeuggürtel aufzuheben, und die Brosche auf dem Boden hatte liegen sehen, war ihr Herz nicht nur in die Kniekehlen gerutscht, sondern zusammengeschrumpft und unter das Bett gerollt, neben dem hastig darunter geschobenen Schmuck.

Gefährten wurden von der Wolfsseite ausgewählt. Sie sollten genau das sein, was der andere brauchte, aber ... sie brauchte einen Dieb?

Der Beweis war da, unverkennbar und real.

Sie wollte schreien. Vor Qual, vor Verwirrung, vor Trauer. Vielleicht hatte er einen guten Grund, aber würde das nicht eines der schwierigsten Gespräche überhaupt werden? „Weißt du, dass du gesagt hast, dass du nicht riechen kannst? Kein Problem für mich. Aber hast du finanzielle Probleme? Bist du Teil einer Bande? Was ist in deiner Welt los, und müssen wir an den Besuchstagen Sex haben, nachdem du erwischt und wegen schweren Diebstahls in den Knast gewandert bist?"

Sie sollte als Problemlöserin fungieren – oh mein Gott, da gab es auch ein Problem. Was sollte sie Tessa erzählen? Hey, keine Sorge, ich habe den Dieb gefunden. Aber du kannst ihn nicht verhaften lassen.

Es musste einen Weg geben, das Problem zu lösen, ohne ihre Beziehung auf eheliche Besuche im Gefängnis beschränken zu müssen.

Sie steckte das Schmuckstück in ihre Schreibtischschublade und trank einen Schluck Wasser. Es war Zeit, nachzudenken. Er würde zu ihr kommen, sie würden Zeit miteinander verbringen, und sie würde es schaffen, aus ihm herauszubekommen, warum seine Situation so war. Gemeinsam würden sie dieses Problem lösen.

Aber zuerst? Ein bisschen Vorab-Chaoskontrolle in seinem Namen.

Tessa antwortete beim ersten Klingeln. „Alte. Spuck aus, was du zu sagen hast."

Keri schnaubte trotz ihrer Sorgen. „Lass die Diät-Cola sein, Baby."

„Scheiße, denkst du wirklich?" Im Hintergrund hallte ein stetiges *Quietsch, Quietsch, Quietsch.* „Also gut. Aber wenn du mir sagst, dass ich mit der Schokolade aufhören muss, wird es eine ernsthafte Diskussion zwischen meinen Nägeln und deinem Körper geben."

„Oh, nein, ich dränge mich nicht zwischen eine Katze und ihre Schokolade."

„Was geht?"

„Ja, also." Ein kleiner Schritt, das ist alles, was sie jetzt machen konnte. Und das Wichtigste war, schnell und diskret mit ihrem Verdacht umzugehen.

Die Tatsache, dass sie ihren Gefährten noch ein Dutzendmal im Bett rollen und ihn bespringen musste, bevor sie auch nur annähernd befriedigt war, war eine ganz andere Sache.

„Tessa – wenn es dir nichts ausmacht, werde ich mich für den Rest des Tages verstecken."

Quietsch, quietsch, quietsch. „Stimmt was nicht? Geht's dir gut?"

Das Summen des Verlangens zwischen ihren Beinen sagte eines. Keri zwang ihren Mund, etwas anderes zu sagen. „Mir geht's gut, aber ich brauche ein bisschen Zeit abseits der Massen. Ich bin morgen wieder mit dir an Deck, Deal?"

„Sichere Sache. Du ... hey, soll ich Chad sagen, dass es dir nicht gutgeht oder so? Er ist vor ein paar Minuten nochmal hier gewesen und hat gefragt, wo du bist." *Quietsch, quietsch, quietsch.*

Chad. *Würg.* „Ist er der Grund dafür, dass du wie wild auf dem Trampolin rumhüpfst?"

„Ja. Er geht mir auf den Sack, weil er ständig nach mir sieht. Ich bin mir ziemlich sicher, dass er mit meinem Bruder nie so nervig war. Oh, Keri, warum kann ich nicht ein normales Mädchen sein und über die Freunde meines großen Bruders sabbern? Stattdessen kann ich Chad nicht riechen, und ich bin so verdammt versucht, jedes Mal, wenn er in die Nähe kommt, Bälle zu werfen, um zu sehen, ob er angesichts des Drangs, Apportieren zu spielen, zuckt."

Das Bild des ultracoolen Chad, der einen Ball im Mund hatte und strammsaß, brachte Keri zum lauten Lachen. „Es tut mir leid, es dir zu sagen, aber du bist normal. Chad ist nicht dein Typ. Vor allem, weil er eine Nervensäge ist."

„Vor Antritt der Reise wolltest du ihn bespringen. Ich nehme an, dass sich der Plan geändert hat?"

Und wie. „Ich habe andere Interessen entdeckt."

„Oh, wirklich?" Das Quietschen hörte plötzlich auf, und Keri fluchte leise, als sie der Neugier der Katze auch nur den kleinsten Stups gegeben hatte. Tessa konnte graben und graben und graben, wenn sie nur die kleinste Gelegenheit dazu bekam. „Keri – was machst du? Oder sollte ich fragen, mit wem?"

Nein. Darüber sprechen wir nicht. „Wir sehen uns morgen früh."

„Du hast nichts geleugnet." Am anderen Ende der Leitung folgte ein amüsiertes Kichern. „Ich erwarte einen vollständigen Bericht, denn wenn ich schon keinen Sex bekomme, muss ich deine sexuellen Abenteuer stellvertretend miterleben."

„Du hast ein ganzes Schiff voller williger Wandler. Such dir jemanden zum Spielen aus."

Tessa seufzte lange und dramatisch. „Ich kann nicht. Muss Verantwortung übernehmen und so weiter. Du hast also den Befehl, dich für uns beide zu amüsieren."

„Danke. Kann ich jetzt gehen, oder willst du mich weiter bearbeiten, um mich dazu zu bringen, dir zu berichten?"

„Es gibt schon was zu berichten?"

Oops. „Ich lege jetzt auf. Tschüss."

Keri legte auf, bevor sie noch mehr Schaden anrichten

konnte, aber immerhin hatte sie ihr Ziel erreicht. Sie hatte den Nachmittag und den Abend Zeit, nicht nur ihren Körper mit ihrem Gefährten zu befriedigen, sondern hoffentlich auch herauszufinden, wie sie die katastrophale Situation in einen beherrschbaren Zustand bringen könnte.

Obwohl die Lust, die ihren Verstand benebelte, sie wahrscheinlich zunächst für ein paar Stunden ablenken würde.

～

JARED WAR innerhalb von drei Minuten geduscht und angezogen und war Keri dicht auf den Fersen. Ihr entschlossener Gesichtsausdruck machte ihm Sorgen. Sie hatte etwas vor.

Aber selbst die Sorge, die er empfand, machte ihn glücklich. Es war ein vollkommen neues Gefühl, als wäre sie unter seiner Haut und er müsste ihr helfen. Er rannte um eine Ecke und ruderte mit den Armen, um nicht mit einem Pärchen zusammenzustoßen.

„Oh, Entschuldigung." Er drängte sich an die Wand, um sie vorbeizulassen – ein Mann in einem schicken Business-Anzug und eine Frau in einem Kleid, das verdammt teuer aussah. Beide kamen ihm vage bekannt vor, und plötzlich erkannte er sie.

Scheiße!

Das entzückte Keuchen der Frau veranlasste ihn, seine Schultern zu straffen und sein schönstes Lächeln aufzusetzen, obwohl sich zu seinen Füßen ein Abgrund der Verzweiflung auftat.

Das Keuchen ging in ein freudiges Lachen über. „Wie wunderbar! Duncan, schau, wer hier ist: Jared Gilliland."

„Was machst du hier, mein Junge?" Ein Finger drückte

auf die Brust seines T-Shirts, während der Gentleman über seine elegante, dünn gerahmte Brille starrte. „Du scheinst ein bisschen arg leger zu reisen, nicht wahr?"

Jared betrachtete die Fedoras mit wachsender Angst. Es gab keinen Ausweg, überhaupt keinen Ausweg. „Ja, Sir. Nur ein bisschen Urlaub, und es schien nicht nötig zu sein, mich schick zu machen. Wie geht's Ihnen?"

Sie antworteten höflich, während Jared sich bemühte, einen Ausweg aus der Situation zu finden. Der Funke einer Erinnerung kitzelte ihn, bevor sie noch weitere unangenehme Fragen zu seiner Anwesenheit auf dem Schiff stellen konnten. „Meine Eltern haben erwähnt, dass Sie nach einer Immobilie in Südfrankreich suchen. Wie ist das ausgegangen?"

Ablenkung war die richtige Reaktion. Beide strahlten und beschrieben ihm das kleine Anwesen. Wobei „klein" wahrscheinlich bedeutete, dass nur eine Legion von Bediensteten sich um die wenigen Familienmitglieder kümmerten, die es besuchen würden.

Er hatte sein ganzes Leben damit verbracht, darauf hinzuarbeiten, diese Situation zu vermeiden. In der Nähe der Elite zu sein war an sich nicht schrecklich, es war einfach nicht sein Ding. Seine Eltern hatten ihm erlaubt, seinen eigenen Weg zu gehen, anstatt im Rampenlicht der Oberschicht zu bleiben – wodurch seine Behinderung geheim geblieben war.

Und jetzt? Mit den obersten europäischen Werwölfen in einem Flur gefangen zu sein? So würde er es nicht schaffen, undercover zu bleiben …

Mr. Fedora musterte ihn erneut von oben bis unten und kniff die Augen zusammen. „Warum habe ich dich nicht im Speisesaal gesehen? Nicht ein einziges Mal während der gesamten Reise."

Zwei Augenpaare starrten ihn an, und Jared wollte sich winden. Er hoffte, dass ihm keine direkte Frage gestellt werden würde, die er nicht beantworten wollte. Aber andererseits wäre es noch schlimmer, wenn er in eine Richtung anfangen und dann die Spur wechseln würde. In schwierigen Situationen gab es nur eines: die Wahrheit sagen und hoffen, dass der Staub auf den richtigen Stellen landete.

„Ich bin nur mit den Klamotten, die ich am Leib trug, an Bord gekommen und arbeite seitdem als Crewmitglied, weil niemand weiß, wer ich bin und ich es wirklich niemandem erzählen möchte, und ich habe gerade meine Gefährtin getroffen und ..."

Ein langer, leiser Freudenschrei entfuhr Mrs. Fedora, als sie seine Hände ergriff. „Deine Gefährtin! Wie entzückend! Du musst sie uns vorstellen."

„Darling. Ist dir der Teil entgangen, dass er inkognito reist? Ich bezweifle, dass er durch die Korridore stürmen und seine Anwesenheit hier herausposaunen will. Obwohl ich der Meinung bin, dass wir beim Feiern helfen sollten."

Jared klappte seinen Mund zu. Der Adrenalinschub, der genau in dem Moment passiert war, als er Keri gerochen hatte, ließ nicht nach, und er vibrierte wie ein Drache im starken Wind. „Richtig. Inkognito. Davon abgesehen hatte ich keine Gelegenheit, meine Eltern zu informieren, und obwohl ich mich geehrt fühle, und Keri sicher auch, würde ich mich freuen, wenn ich noch ein bisschen länger Zeit hätte, um alle Ankündigungen zu machen, um die ich mich kümmern muss."

„Wir können Geheimnisse wahren. Ich liebe Geheimnisse!"

Oh gut. Mrs. Fedora war viel zu begeistert. „Vielleicht, wenn die Kreuzfahrt vorbei ist –"

„Ich weiß!" Sie klatschte vor Freude in die Hände. „Wir können dich einfach an unseren Tisch beim Abendessen einladen. Es hat ein paar Mal freie Plätze am Tisch gegeben. Die nette Koordinatorin hat gesagt, wir könnten immer gern Gäste einladen. Ich werde Tessa Bescheid sagen, und du bekommst eine Einladung. Ich werde ihr sagen, dass wir dich während ..." Sie hielt inne und runzelte bewundernd die Stirn. „Was machst du nochmal an Bord?"

Jared blinzelte geschockt, als er sah, wie schnell dieser Zug an ihm vorbeifuhr. „Ich arbeite als ... Assistent. Allgemeine Wartungsaufgaben." Vage, das war der richtige Weg. Obwohl er sich ziemlich sicher war, dass seine Eigenheiten und die seiner Eltern zwischenzeitlich ziemlich gut bekannt waren.

Mr. Fedora kaufte es ihm nicht ab, das sah er. Die hohe, aristokratische Stirn hatte sich gehoben, und Jared griff auf die letzte Munition zurück, die ihm einfiel.

„Ich würde gerne mit Ihnen zu Abend essen, aber es muss inkognito passieren. Bitte? Denn auch wenn Wandler normalerweise nicht so medienverrückt sind wie Menschen, würde ich es hassen, wenn Ihr Urlaub dadurch ruiniert würde, dass jemand auf die falsche Idee kommt und entscheidet, dass es ein Hinweis auf eine Art bevorstehenden internationalen Coup ist, uns alle zusammen zu sehen."

Der mächtigste Alpha-Wolf Englands lachte leise. „Du bist deinen alten Spielereien immer noch nicht entwachsen, nicht wahr, Jared? Machst noch Ärger und eroberst die Herzen aller Mädchen, wie uns dein Vater erzählt hat?"

„Nicht mehr, Sir, nicht jetzt, wo ich meine Gefährtin gefunden habe." Schon das Aussprechen dieser Worte jagte Jared einen wohligen Schauer den Rücken hinunter, der durch die Panik in seiner Seele hindurch drang. „Aber wenn Sie die Einladung an Mark Weaver richten und sagen, dass ich ein Crewmitglied bin, das Sie gerade kennengelernt haben, wäre ich Ihnen sehr dankbar."

Es folgten noch ein paar freundliche Neckereien, bevor Jared mit dem Versprechen davonkam, dass sie die Einladung an ihren Tisch für Mark aussprechen würden. Er sah zu, wie die Freunde seiner Familie davongingen, während die beiden Sicherheitsmänner ihnen in diskretem Abstand folgten, aber immer sichtbar waren.

Er atmete tief durch. Großartig. Die Liste seiner Probleme wurde länger. Jetzt musste er sich mit einer wegen irgendwas verärgerten Gefährtin und dem Hochadel rumschlagen. Ganz zu schweigen davon, dass er so schnell wie möglich mit seinen Eltern telefonieren musste, denn wenn sie erfuhren, dass er seine Gefährtin gefunden hatte, bevor *er* es ihnen sagen konnte, würden sie ihm die Hölle heiß machen.

Jared rannte den Flur entlang zu Keris Kabine und fragte sich, wann er die Chance bekommen würde, mit dem Rennen aufzuhören und sich zu entspannen. Er stand vor der Tür und wartete, die Hand schwebte vor dem Holz. Zögerte, sich ihr zu stellen.

Obwohl ihm der Geruchssinn fehlte, wusste er, dass sie auf der anderen Seite war. Und mehr noch: Sie war über irgendetwas beunruhigt, und es brachte ihn innerlich um. Er überlegte es sich anders und stieß die Tür auf, was ihr ein weiteres Keuchen entlockte, als Keri sich überrascht umdrehte und ihn ansah.

„Du musst aufhören, mich so zu erschrecken", beschwerte sie sich.

Trotz oder vielleicht gerade wegen der Anspannung dachte Jared, dass das so ziemlich das Lustigste war, was er den ganzen Tag gehört hatte. „Wie soll ich dich dann erschrecken?"

Sie schnaubte, er lachte und ein Teil der Anspannung schmolz.

Sie trat in seine Arme und legte ihren Kopf an seine Brust. *„Ich kann nicht glauben, dass du hier bist."*

„Ich kann nicht glauben, dass du mir nicht schon früher eine übergebraten hast." Er strich ihre feuchten Haarsträhnen über die Schultern. Sie hatte eine weiche Bluse angezogen, die sich unter seinen Fingern wie Samt anfühlte, doch ihr Haar und ihre Haut waren noch weicher. *„Ich bin froh, dass wir uns gefunden haben."*

„Ich auch."

Keri drückte ihre Lippen an seinen Hals, und er ergriff ihre Handgelenke mit seinen Händen, um sich davon abzuhalten, ihr näher zu kommen. „Wir müssen reden, und ich will dich jetzt schon bei lebendigem Leib auffressen. Keine Berührungen oder irgendwas, das als sexuelle Verlockung ausgelegt werden könnte."

Es war ein zum Scheitern verurteilter Plan. Die Art, wie sie ihm so ernst zunickte und die Lippen zu einem Schmollmund verzog – Gott, er wollte sie am liebsten auf den Boden werfen und die ganze Nacht ...

Später, später, später erinnerte ihn sein Verstand.

Bald, bald, bald schoss sein Körper zurück.

Sie ließ los und führte ihn zur Sitzecke.

„Du hast viel mehr Platz als ich. Sag mir nochmal, was deine Aufgabe auf dem Schiff ist?" All seine guten Absichten, das Gespräch nicht-sexuell zu halten, verschwanden schnell. Er konnte sich nicht fernhalten und verschränkte ihre Finger miteinander, während sie über Tessa und ihre Freundschaft mit ihr sprach. Als ihr Informationsfluss endete, machte er sich bereit. Sie klimperte mit den Wimpern. „Und du? Wolltest du mir nicht was sagen?"

Allein die Art, wie sie es sagte, ließ ihn erschauern. Als wüsste sie bereits die paar Dinge, die er zu erwähnen versäumt hatte, und wollte es ihn nur selbst sagen hören. „Ist das Teil einer verrückten Gefährten-Sache? Dass ich nie irgendwelche Geheimnisse vor dir habenwerde?"

Die Art und Weise, wie sie innehielt, verstärkte das unheimliche Gefühl, dass sie es wusste. Dann blickte sie auf und starrte ihm mit diesem allwissenden Blick in die Augen. „Ich denke, du kannst Geheimnisse haben, aber ich weiß, dass du sie hast. Was bedeutet, dass du mir genauso gut alles erzählen kannst. Denn dann? Dann werden wir bei allem, was wir tun, zusammen sein."

Jared seufzte. Verdammt! Ein großartiger Start in eine Beziehung für alle Ewigkeit, basierend darauf, dass er ein Idiot war. Ausreden sprudelten heraus. „Ich habe es nicht böse gemeint."

Ihre Finger schlossen sich fester um seine, ihr Blick war mitfühlend. „Manchmal passieren Dinge, die wir nicht beabsichtigt haben."

Die Erleichterung wuchs ein wenig, als er darüber nachdachte, dass er der schrecklichen Möglichkeit entgangen war, sie könnte wegen seiner Täuschung ausrasten. Es sah so aus, als ob sie es verstehen würde. „Ja. Es ist, als würde eins zum anderen führen, dann noch eins, und ehe ich mich versah, war ich auf dem Schiff und hatte keine Ahnung, wie ich mit der Situation umgehen sollte."

Keri nickte langsam, sagte aber nichts.

Toll. Er wünschte, sie könnte tatsächlich seine Gedanken lesen. Es wäre einfacher, als ein Geständnis in Worte zu fassen. Der Vorteil, es jetzt hinter sich zu bringen? Er würde sich nicht noch einmal anhören müssen, wie sie beim Sex den falschen Namen stöhnte, denn das hatte ihn wirklich in den Wahnsinn getrieben.

„Ich bin nicht Mark."

Der feste Blickkontakt blieb bestehen, aber das verständnisvolle Lächeln auf ihrem Gesicht verblasste ein wenig. Ihre Lippen zuckten. „Was?"

Okay, dieses Geständnis, bar jeder Erklärung, war wirklich scheiße. Jared verzog das Gesicht und versuchte es noch einmal.

„Als ich auf dieses Schiff gekommen bin und gesagt habe, ich sei Mark? Ich habe gelogen. Ich war –" Oh Mann, gut, dass sie eine Wandlerin war und, was die Sex-Sache anging, cool sein sollte, aber trotzdem ... ihr zu sagen, dass er von einer anderen in seinem Bett direkt zu ihr übergegangen war? Gefährliches Gebiet. Er schluckte schwer und ließ den Rest schnell heraus. „Ich war auf der Flucht vor der Familie einer Frau, mit der ich geschlafen habe, und das Schiff schien mir ein gutes Versteck zu sein. Dann hat Chad mich in die Enge getrieben, und ich sagte ja, ich sei Mark und –"

„Du sagst mir, dass dein großes Geständnis ist, dass du nicht zur Crew gehörst?" Sie rutschte zurück, die Falte zwischen ihren Brauen wurde tiefer.

Stille.

„Ähm, ja?"

„Das ist *alles*?"

Jared blinzelte. Die unerwartete Enttäuschung in ihrer Stimme war mehr als nur ein bisschen verwirrend. „Das ist nicht genug? Ich habe mich als einer meiner Rudelkameraden ausgegeben. Ich denke, er war vielleicht betrunken und ..."

Er verstummte. Sie hatte eine Augenbraue so hochgezogen, dass er befürchtete, sie würde einen Krampf bekommen. Jared legte seine Hände um ihren Oberkörper und zog sie auf seinen Schoß. Er vergrub sein Gesicht an ihrem Hals und atmete tief ein. Nur ganz schwache Düfte erreichten ihn, aber da ihr Geschmack noch frisch in seiner Erinnerung war und dieses wirklich coole Gefühl seinen Rücken kitzelte – das Gefühl von ihr –, war er zufrieden, obwohl sie noch so viel mehr zu klären hatten.

Er drückte sie, bis die Anspannung nachließ, ihre Schultern weicher wurden und sich ihr Körper an ihn schmiegte. Ihr Atem beschleunigte sich, und sein Körper reagierte auf jede noch so kleine Nuance.

Als er seinen Kopf zu ihrem drehte, trafen sich ihre Lippen. Langsam, zärtlich, dann immer gieriger. Es hatte keinen Zweck. Die Anziehung ihrer Wölfe war zu groß, um sie zu ignorieren, und weitere Diskussionen mussten für eine Weile zurückgestellt werden. Er zog sie auf die Matratze und bereitete sich auf langen, ausgiebigen Sex vor.

7

___

Keri lag auf dem Rücken, ein Fuß hing über der Bettkante. Sie hatte ein Kissen über ihr Gesicht gezogen, um zu verhindern, dass das Licht, das durch das kleine Backbordfenster hereinfiel, in ihre Augen schien.

Rundum befriedigt. Knochenlos entspannt. Sie überlegte, sich umzudrehen und sich im Raum umzusehen, aber nicht einmal dazu hatte sie die Energie.

Mark, nein, Jared – ihr Gefährte – hatte mit einer langsamen Verführung ihres Körpers begonnen, die sich über Stunden hingezogen hatte. Schneller, langsamer. Sie hatten es im Grunde im gesamten Raum und im Bad getan, bevor sie das letzte Mal ihre Zähne in seinem Hals vergraben hatte, um während des Orgasmus nicht zu schreien.

Es gab keinen Zweifel an der physischen Verbindung zwischen ihnen. Vielleicht hätten ein paar Wölfe weiter oben in der Hierarchie ihre tierische Seite zurückhalten können, um der Unterhaltung, die sie führen mussten, Vorrang zu geben. Für sie, die beide im Mittelfeld feststeckten? Ihre Wölfe waren stärker als die menschliche Seite, wenn sie etwas wollten, und sie hatten sich beide unbedingt ihre Gefährten gewünscht.

Sie tastete mit den Fingern über die Matratze, auf der Suche nach seinem warmen Körper. In ihrem inneren Tier regte sich mehr Neugier als Lust, und Keri war sowohl glücklich als auch traurig. Es kam nicht jeden Tag vor, dass ein Mädchen ihren Gefährten fand, aber sie sollten wirklich etwas anderes tun, als die Laken zu zerwühlen. Es wäre gut, wenn die tierische Seite ihnen eine kurze Verschnaufpause gönnen würde.

Ihre Hand fand nichts – nicht einmal einen warmen Abdruck auf dem leeren Bett – und sie schob das Kissen von ihrem Gesicht, während sie sich zur Seite rollte und sich umsah.

Neben ihr lag ein Zettel, sie nahm ihn und ließ sich wieder auf die Matratze fallen, als ihre Bauchmuskeln protestierten. Hmm, diese umgekehrte Cowgirlposition hatte ihr mehr abverlangt, als sie gedacht hatte.

Sie hob beide Hände in die Höhe und starrte auf die Schrift. Seine Buchstaben waren stark und kühn und definitiv männlich.

Hmm, männlich.

Sie unterdrückte ihre innere Spannung, um sich auf die Worte zu konzentrieren.

Hallo Geliebte.

Als du noch wie ein Engel geschlafen hast, hat mein Handy geklingelt, also bin ich gegangen, um ein paar Sachen zu holen. Wir sind zum Abendessen eingeladen. Ich muss da hin – ich werde es dir später erklären, aber ruh dich in der Zwischenzeit aus. Wir haben viel zu besprechen.

Du siehst übrigens köstlich aus, wenn du schläfst.
Jared

Keri ging ins Bad, um ihren Kopf unter Wasser zu tauchen und ganz wach zu werden. Die Uhr über der Kommode zeigte an, dass es schon siebzehn Uhr war, und um achtzehn Uhr gab es das erste Abendessen.

Eine Einladung zum Abendessen, die sie wahrnehmen mussten? Ihre Verwirrung kehrte um das Vierfache zurück. Sie hoffte wirklich, dass das nichts mit dem gestohlenen Schmuck zu tun hatte. Oh Gott, sie konnte es nicht ertragen, ihn gerade erst kennengelernt zu haben und zusehen zu müssen, wie er abgeführt wurde.

Alle möglichen Szenarien gingen ihr durch den Kopf. Vielleicht wurde er zum Stehlen erpresst. Er als Dreh- und Angelpunkt einer Wandler-Mafia, die sich in Wandler-Events einschleuste und ...

„Arghhhh." Sie rieb sich die Kopfhaut, um sich von den Gedanken zu befreien, die in ihrem Kopf kreisten.

Das Handtuch, das sie um ihren Kopf geschlungen hatte, musste das Geräusch der Tür übertönt haben, denn im nächsten Moment trockneten sanfte Hände ihr langes Haar. Jared zog das Handtuch weg, und das Licht schien auf sein kräftiges Kinn und seine wunderschönen braunen Augen.

„Hey. Bist du okay?"

Diese Augen – das konnten nicht die Augen eines Verbrechers sein. Es wäre so eine schreckliche Schande. Instinktiv bewegte sie sich auf seinen Körper zu und nahm seine Umarmung an. Kein Wort bis zum passenden Moment. „Auch hey. Hast du einen leichten Schlaf?"

„Nur, wenn da diese wirklich heiße Frau ist, die sich so eng an mich schmiegt, dass ich keine Luft mehr bekomme, weil sie mich so unglaublich antörnt."

Die Lust in Keris Bauch wuchs von cool zum Brenner auf höchster Stufe, und sie wimmerte vor Verlangen.

„Nicht fair. Auf deinem Zettel stand Abendessen, nicht, dass wir noch vier Stunden übereinander herfallen dürfen."

Er nahm ihr Gesicht in seine Hände, sein Daumen strich sanft über ihre Unterlippe. „Es ist ziemlich schlechtes Timing, nicht wahr? Geht aber nicht anders. Wir müssen zusammenarbeiten, um unsere Wölfe davon zu überzeugen, sich beim Essen ein paar Stunden lang zu benehmen, dann verspreche ich, dass wir hierher zurückkommen und weitermachen können, bis du es nicht mehr ertragen kannst, dich von mir zu einem weiteren Höhepunkt bringen zu lassen."

Wieder wimmerte sie, als sie sich vorstellte, in die Kabine zurückzukehren. „Wir müssen das Thema wechseln. Das hilft nicht."

Er strich mit seinen Lippen über ihre und stahl sich einen Kuss, bevor er einen Schritt zurücktrat und ernst nickte. „Wir brauchen Ablenkung. Du hast recht."

Die Karten, die er ihr entgegenhielt, erregten tatsächlich ihre Aufmerksamkeit. Offizielle Sitzordnungskarten für den Speisesaal der ersten Klasse. Wandler hatten Hierarchien über Hierarchien. Das durchschnittliche Rudel mochte in manchen Dingen, wie zum Beispiel Sex, sehr entspannt sein, aber man überschritt nie ungebeten eine Grenze, und Geld und Macht gingen oft Hand in Hand.

„Jared? Wo hast du die her?"

„Ich habe dir gesagt, dass wir zum Abendessen eingeladen sind." Er wandte für einen kurzen Moment den Blick ab, dann kehrte er zurück und sah sie mit einem Lächeln an. „Eine der Familien der Oberschicht hatte Platz an ihrem Tisch, und ich habe gehört, dass sie Leute einzuladen pflegen – eine Art Geste, nett zu den Massen zu sein, schätze ich."

Keri öffnete die goldene Karte mit zitternden Fingern. Da war ihr Name in eleganter Kaligraphie geschrieben, darunter neunzehn Uhr. Und das offizielle Wappen der Fedoras war in das Wachssiegel eingepresst.

Oh Junge.

Nur durch all ihre Willenskraft blieb ihr Blick mit seinem verbunden. Am liebsten hätte sie einen Blick auf die Schublade geworfen, in der sie die Brosche verstaut hatte – die obszön teure Brosche, von der sie sich ziemlich sicher war, dass sie den Fedoras gehörte. Aber zu verraten, dass sie wusste, dass etwas nicht stimmte, würde das Problem nicht lösen.

Plötzliche Panik hüllte sie wie ein Miniaturtornado ein.

Es war ärgerlich, dass das Erste, was sie wirklich in Panik versetzte, nichts mit den Diebstählen zu tun hatte.

„Ich habe nichts –"

„– anzuziehen?" Sein Lächeln blitzte sofort auf, und er sah fast stolz aus. „Wenn du mir erlaubst, dieses Problem zu lösen – ich habe uns im Laden ein paar Sachen besorgt. Sie haben deine Größe aus der Personalliste. Bitte sag nicht Nein. Es ist mein ... Gefährtengeschenk an dich."

Er hatte nach rechts gezeigt, und zum ersten Mal bemerkte sie die Kleiderbügel, die an der Wandleuchte hingen. Etwas Dunkles hing an der Wand – vielleicht ein Jackett. Aber davor hing ein schimmerndes rotes Kleid, das sie überrascht und empört nach Luft schnappen ließ.

„Oh, Jared. Wie hast du–?"

Er drückte sie an sich und küsste ihre Proteste weg. Es war ein bisschen nervig, und doch ... wie konnte sie etwas dagegen haben, wenn sein Mund so sündhaft ablenkende Dinge tat?

Er zog sich langsam zurück, als wollte er abschätzen, ob sie noch einmal protestieren würde. „Ich möchte, dass du dich heute Abend wohlfühlst. Ich weiß, dass es nur eine Schickmachen-um-des-Schickmachens-willen-Sache ist. Aber du bist so schön, ich musste dir was besorgen, das fast so hübsch ist wie du."

„Eloquenter Teufel ..." Keri lächelte langsam. Es waren nicht ihre Jeans und ihre ausgewaschenen T-Shirts, aber sie war nicht mehr an Rebellion-um-der-Rebellion-willen-Sache interessiert – das hatte sie als Teenager überwunden. Er legte eine Hand an ihren unteren Rücken und führte sie zum Kleid. Die Hitze seiner Hand blieb an ihrer Haut hängen.

Im Inneren tobten Widersprüche, ein emotionales und mentales Schlachtfeld. Sie ließ ihre Finger über den Stoff gleiten, und ein Schauer überlief sie angesichts der Dekadenz des Stoffes. Sie liebte es, umsorgt zu werden – und das Tragen dieses Kleides würde einige ihrer Kleinmädchentagträume wahr werden lassen. Sie war eine Prinzessin, die von ihrer guten Fee verwöhnt wurde.

Die *gute Fee* drückte sich an ihren Rücken, und das Bild wechselte von Kürbissen und Bällen zu Rotkäppchen und dem großen bösen Wolf, der nun an ihrem Hals und der empfindlichen Stelle hinter ihrem Ohr knabberte.

Der große böse Wolf war ein besseres Bild als eine süße nette alte Fee, das sie sich einprägen sollte.

Aber sie hatten die Einladung. Eine Ablehnung wäre ausgesprochen unhöflich, unhöflich genug, um erwähnt zu werden, und plötzlich stand Tessas Ruf auf dem Spiel, und Keri war bereit, laut zu lachen.

Es war einfach, zu rechtfertigen, was sie tun wollten, nicht wahr? Sie ließ ihre anderen Proteste für einen Moment sterben, als sie sich zu ihm umdrehte. „Es ist einfach unglaublich. Danke."

Der Ausdruck, der in seinen Augen aufleuchtete,

machte sie glücklich, kurz bevor sich ein winziger Anflug von Schuldgefühlen einschlich. War das Kleid mit gestohlenem Geld bezahlt worden?

Egal. Sie konnte sich nicht ewig wie ein Strauß im Sand verstecken, und für die nächsten drei Stunden? Würde sie so tun, als wäre sie in einem Märchen und mitspielen. Dabei würde sie ihre Augen weit offen halten und hoffen, dass ihr Herz nicht in Stücke gebrochen würde.

~

JARED ENTLOCKTE KERI wieder ein Lächeln, und schließlich hörte sein Wolf auf, ihn herumzuprügeln. Das Biest hatte nicht aufgehört zu stochern, seit es das verdammte Schiff betreten hatte. Er hatte geglaubt, es läge an der Gefährtensache, aber jetzt, wo er und Keri zusammen waren – und, wow, nichts hatte ihn darauf vorbereitet, wie viel besser Sex mit seiner Gefährtin war –, hatte Jared gedacht, dass sein Wolf sich beruhigen würde.

Nein. Immer noch nervte er ihn. Das dumme Vieh spürte, dass mit seiner Gefährtin etwas nicht stimmte, und wollte es sofort beheben. Jared konnte nicht verstehen, was der Wolf wollte, was sie beide anpisste und die für Wandler typischen internen Dominanzspiele auslöste.

Zwei Egos in einem Kopf konnten nicht immer in Harmonie zusammenleben, und das war so ein Moment.

Keri hatte das Kleid von der Wand genommen und drehte den Kleiderbügel hin und her, um es von vorn und von hinten zu betrachten. Er konnte es kaum erwarten, sie darin zu sehen. Das elegante Kleid hatte einen tiefen, tiefen Rücken, der ihr unglaubliches Tattoo zur Geltung bringen würde. Was gut war.

Der Ausschnitt bedeutete auch, dass er, wenn es ihm

gelang, sie nach dem Abendessen zum Tanzen zu überreden, seine Hand auf nackte Haut legen würde. Was auch gut so war.

Und mit diesem Ausschnitt konnte sie auf keinen Fall einen BH tragen. Noch besser.

Er war so ein notgeiler Hund.

„Oh!" Jared kramte in seiner Tasche. „Ich habe nachgesehen. Wenn du willst, kannst du dir die Haare machen lassen. Und dein ... was auch immer du sonst noch willst. Sie können dich dazwischenschieben, damit du rechtzeitig zum Dinner bereit bist."

Keri nahm ihm die Karte des Salons ab, und ihre Stirn hob sich wieder. „Glaubst du, ich brauche einen Haarschnitt?"

Jared hielt verwirrt inne. Das war nicht die Reaktion, die er erwartet hatte. „Ähm, nein, aber ich dachte, es würde dir vielleicht Spaß machen, dich schickzumachen."

Die Pause war kaum da, aber er bemerkte es trotzdem. Er hatte ihr Unbehagen bereitet, und das war das Letzte, was er beabsichtigt hatte. Sein Wolf rückte ihm den Kopf zurecht, und dieses Mal stimmte er zu.

„Eigentlich bin ich im Salon vorbeigegangen, um mir eine Flasche Massageöl zu besorgen, damit ich dich später so richtig verführen kann, und dann dachte ich, die meisten Frauen lieben es, sich verwöhnen zu lassen und so weiter." Jared ergriff ihre Hände und drückte sie. Eine lebenslange Beziehung zu beginnen, ohne etwas über die andere Person zu wissen, war wahnsinnig schwer, aber er wollte verdammt sein, wenn er es wegen etwas so Belanglosem wie einem Abendessen vermasseln würde. „Diese ganze ‚Ich gehöre dir, du gehörst mir'-Sache? Ich meine es so. In allem, auch in den kleinen Dingen. Verdammt, besonders in den kleinen Dingen, die dich glücklich machen. Wenn du mir sagst, dass du in Jeans zum Abendessen gehen möchtest, machen wir das. Es macht mir nichts aus, die Grenzen der Höflichkeit zu überschreiten, aber ich möchte dir auch was Besonderes bieten. Du kannst deine Haare neongrün färben, und ich finde dich immer noch wunderschön. Du kannst –"

Jetzt war er an der Reihe, geküsst und zum Schweigen gebracht zu werden. Keri kroch beinahe an ihm hoch, und ihre Zunge war in seiner Kehle, und wenn er sich nicht in den Griff bekam und mehr Selbstbeherrschung praktizierte, als er wollte, würde er in ihren Körper tauchen, und keiner von beiden würde die ganze Nacht zum Luftholen kommen.

Es kostete ihn alle Kraft, ihr Haar zu packen, es um seine Faust zu wickeln und sie daran zurückzuziehen. Sie schnappte nach Luft, nicht vor Schmerz, sondern vor etwas Süßem und Dunklem, und verdammt, sein Schwanz konnte unmöglich noch härter werden, aber er tat es.

„Du wirst noch dafür sorgen, dass wir zu spät zum Abendessen kommen."

Sie grinste. „Es tut mir leid, dass ich dein Angebot falsch verstanden habe. Unter einer Bedingung würde ich gerne in den Salon gehen."

Er kannte diesen Blick. Oh Mann, er hatte es bei seiner Mutter und seinen Schwestern gesehen, wenn sie versuchen wollten, ihn zu „verbessern".

„Nein. Bitte nicht."

Sie klimperte mit den Wimpern.

„Oh, als ob das fair wäre. Meine körperliche Sucht ausnutzen, um mich in einen Salon zu schleifen? Das würdest du mir antun?"

Sie strich mit ihren Fingern durch sein Haar. „Mir gefällt auch, wie du aussiehst, Mr. Gilliland, aber wenn wir das machen wollen, dann machen wir es richtig. Ich bezweifle, dass wir in unserem Leben sehr oft mit einem König und einer Königin speisen werden. Warum nicht einen unvergesslichen Abend daraus machen?"

Jared grinste. „Also gut. Deal."

Keri ging an ihm vorbei. Er rief im Salon an, um ihre Buchung zu bestätigen, und sah zu, wie sie ihre winzige Unterwäsche anzog. Es war nicht der richtige Zeitpunkt, darauf einzugehen, dass das wahrscheinlich das erste von vielen Abendessen dieser Art sein würde.

Er wollte sie nicht zu sehr aus der Fassung bringen.

„Dreißig Sekunden, und ich bin bereit."

Jared winkte, als sie im Badezimmer verschwand. Er lehnte sich an den Schreibtisch zurück, dann fiel ihm ein, dass er seine Eltern besser anrufen sollte, bevor die Nacht zu Ende war, aber der Anruf würde zwangsläufig mehr Zeit in Anspruch nehmen, als er gerade hatte. Wenn er es vergaß und seine Eltern es von jemand anderem hörten, hätte er ein Problem. Aber wie groß war die Wahrscheinlichkeit, dass er zu abgelenkt sein würde, wenn sie in ihr Zimmer zurückkehrten?

Sicher war sicher. Er öffnete die Schublade und suchte nach einem Blatt Papier, um sich eine Erinnerung zu schreiben. Er legte es in die Mitte des Bettes, damit sie es nicht übersehen konnten.

Jackpot. Ein Notizblock.

Er ergriff eine Seite und zog daran, um sie aus dem Block zu reißen, und die gesamte Schublade schnellte nach vorn. In der hinteren Ecke lag eine sehr bekannte Diamant-Rubin-Brosche.

„Keri –?" Panik ließ ihn die Lippen mitten in der Frage zusammenpressen.

Oh Scheiße. Oh *Scheiße*. Jared warf einen Blick in

Richtung Badezimmer, um sich zu vergewissern, dass die Tür noch geschlossen war, dann nahm er die Brosche in die Hand und steckte sie in die Tasche.

Sein Herz hämmerte, als wäre er über das Deck gerannt, während er von einigen der größeren und fieseren Puma-Wandlern verfolgt wurde, von denen bekannt war, dass sie den Verlierern, die im Bordkasino herumhingen, Kredite zu unverschämten Zinssätzen anboten.

Nicht, dass er etwas mit dieser Art von Gesindel zu tun gehabt hätte, aber sie waren genauso Teil der Wandlerkultur wie der menschlichen Gesellschaft.

Die Brosche lag in seiner Tasche wie ein Klumpen Kohle, bereit, sein Leben zu Asche zu verbrennen. Es war nicht fair, aber das Leben war auch nicht fair. Er war alt genug, um sich dieser Wahrheit bewusst zu sein.

Keri kam aus dem Badezimmer und gesellte sich mit einem glücklichen Lächeln zu ihm. „Bereit."

Er zeigte ihr sein bestes Gesicht. „Wir haben jede Menge Zeit. Wir werden zurückkommen, um uns umzuziehen, wenn das in Ordnung ist."

Sie schlang ihre Finger um seinen Arm, und sie gingen gemeinsam den Korridor hinauf.

Sie sagten nichts, als sie durch die Gänge wanderten. Jared war zu beschäftigt damit, darüber nachzudenken, was zum Teufel er tun sollte, um diese Scheißsituation aus der Welt zu schaffen, um sich zu unterhalten.

Keri räusperte sich. „Sie ist schon seltsam, nicht wahr? Diese ganze Gefährtensache?"

Die Frage half ihm, sich zu konzentrieren, doch die scheinbar harmlose Frage war komplex. Es war, als wäre sie ganz ein Teil von ihm und doch vollkommen verborgen hinter einer Wand. „Ich kann kleine Dinge spüren, die ich nicht erwartet habe. Und ich mag deinen Sinn für Humor.

Ich kenne viele Leute, die ihren Gefährten gefunden haben, und sie haben mir immer gesagt, dass die Beziehung vollkommen richtig sei, genau das, wonach sie gesucht hätten."

Keri stolperte, und er stützte sie. „Bist du okay?"

Sie nickte und platzte dann heraus: „Bin ich, wonach du gesucht hast?"

Die Brosche ließ ihn langsamer gehen, wie eine Sträflingskugel aus Sorgen, die er hinter sich herzog.

Ihre Finger schlossen sich fester um ihn, bevor er antworten konnte. „Jared? Bist du okay? Es tut mir leid, wenn ich dich in Verlegenheit gebracht habe. Lass mich das anders sagen. Ich hoffe, ich kann das werden, was du dir schon immer von einem Partner gewünscht hast."

Und mit diesen mutigen Worten verschwanden all seine Ängste. Er drehte sie in seine Arme und legte seine Stirn an ihre. Er atmete langsam, sah ihr in die Augen und in ihre Seele.

Als er entdeckt hatte, dass seine Gefährtin möglicherweise der Dieb war, von dem alle unter Deck sprachen, hatte er für einen Moment Angst gehabt. Aber sie hatte recht – Menschen konnten sich ändern. Er würde sie auf jede erdenkliche Weise unterstützen, und sie könnten gemeinsam ein neues Leben beginnen.

„Ich weiß, es ist noch früh, und wir kennen uns noch nicht wirklich, aber, Keri, ich werde mich in dich verlieben. Vollkommen und tief. Also solltest du besser wetten, dass du das bist, was ich mir schon immer als Gefährtin gewünscht habe."

Winzige Falten zeichneten sich in ihren Augenwinkeln ab, als sie mit den Tränen kämpfte. *„Wir können das schaffen, nicht wahr? Wir können uns genauso gut verlieben wie unsere Wölfe?"*

„Oh ja." Jared schob seinen Wolf so weit er konnte in den Hintergrund. Ausnahmsweise ließ er nur eine Sekunde auf sich warten, als er ihm sagte, er solle verschwinden. *„Wir werden uns so sehr verlieben, dass unsere Wölfe auf unsere menschlichen Seiten neidisch sein werden."*

Keri lachte laut. „Ja, klar."

Jared küsste ihre lachenden Lippen, ihr Mund war immer noch offen, als er sie gefangen nahm. Es war ein kurzer Austausch mit mehr Zärtlichkeit als Leidenschaft. Ein Kuss aus hoffnungsvollem Bedürfnis und Sehnsucht nach Zusammengehörigkeit, gemischt mit Versprechungen auf lange Tage und Jahre, die noch kommen würden.

Jared würde dafür sorgen, dass sie sich verliebten.

Aber zuerst musste er einen Weg finden, den Fedoras die Brosche zurückzugeben, ohne dass Keri erwischt wurde. Denn das Stück war ganz sicher das Werk seines Vaters und vor ein paar Jahren ein Geschenk der Familie an das Herrscherhaus.

8

„Nein. Im Ernst?" Tessa hüpfte nicht, sie starrte mit offenem Mund, während Keri versuchte, ihre Hand aus Jareds festem Griff zu befreien. „Ihr seid die besonderen Gäste, die mit den Fedoras speisen? Und wem hast du das Kleid gestohlen?"

„Das ist eine lange Geschichte. Im Grunde sehr langweilig. Du willst die Details nicht wissen, denn sie würden dich buchstäblich dazu bringen, umzukippen und einzuschlafen."

Tessa wedelte mit der Hand vor Keris Gesicht und trat näher an Jared heran, musterte ihn von unten bis oben, dann von oben bis unten und wieder zurück. Jared war geschniegelt und gebügelt in einem Anzug, der reichte, jeder Frau die Knie weich werden zu lassen. „So, so. Wenn meine Freundin auf die Jagd geht, findet sie hübsche Beute."

Keri war sich nicht sicher, wie Jared es schaffte, ernst zu bleiben. „Sie haben eine großartige Art und Weise, anderen ihre Befangenheit zu nehmen. Sie müssen als Kreuzfahrtdirektorin arbeiten oder so."

„Ich mein' ja nur, und bitte sag du." Tessa nickte höflich mit dem Kinn zu Jared, eine Sekunde, bevor Keri vermutete, dass sie ihn anspringen würde. „Wenn du beschließt, dass du ihn satthast, würde ich ihn gerne ausziehen –"

Keris Wolf knurrte.

Tessas Augen schossen weit auf, als sie in Verteidigungshaltung zurückwich und ein Katzengrinsen auf ihrem Gesicht erschien.

„Oh mein Gott, hinter dieser Geschichte steckt mehr als nur eine Affäre an Bord, nicht wahr?" Tessa schwang einen Finger zwischen den beiden, bevor sie sich ein Stück nach vorn beugte, um verschwörerisch zu flüstern: „Bei euch ist doch die Sache mit den auf ewig verliebten Hunden passiert, nicht wahr?"

Jared verneigte sich förmlich. „Du bist die Seele der Diskretion, das sehe ich. Ja, wir sind Gefährten, und ich bin sehr glücklich, Keri gefunden zu haben. Irgendwann musst du mir alles über eure Zeit am College erzählen."

Keri wunderte sich, dass Jared so unbeschwert Smalltalk machen konnte. Obwohl der Teil, in dem er erzählt hatte, den Frauen das Höschen vom Leib reden zu können? Von diesem Zeitpunkt an war es ein „Nein" oder „Nein, danke".

„Ich persönlich bin dafür, sie in einer Ecke zu fesseln und Katzenminze etwa dreißig Zentimeter außerhalb ihrer Reichweite aufzuhängen. Du bist viel zu nett zu ihr."

„Deine Freunde sind meine Freunde, oder?"

Ja, irgendwie schon. Es sei denn, das bedeutete, dass er sie mit der Mafia bekannt machen und von ihr erwarten würde, dass sie die auch akzeptierte. Ein bisschen vom Glanz des Glücks verließ den Moment.

Sie drehte sich zu Tessa um, die jetzt dieses dämliche Grinsen im Gesicht hatte. „Hör auf damit!"

„Was?"

„Du weißt schon."

Tessa schnaubte. „Ich denke an all die Geschichten, die du mir während des Studiums erzählt hast, und daran, wie viel du mir jetzt bezahlen wirst, damit ich deine Geheimnisse nicht preisgebe."

„*Sie hat Humor, nicht wahr?*", fragte Jared.

„*Meine beste Freundin für immer. Das heißt, ich liebe sie über alles, aber ab und zu würde ich sie gern erwürgen.*"

„*Verständlich.*"

Jared zog Keri näher an seine Seite. „Tut mir leid, Tessa, aber ich muss Keri jetzt wirklich entführen. Wir sehen uns bald, aber wir wollen nicht zu spät zu unserem Abendessen kommen." Er nickte höflich.

Tessa seufzte und wedelte mit den Fingern. „Viel Spaß ihr zwei. Anders als andere Leute, die arbeiten müssen."

Der Gang über den dicken Plüschteppich fühlte sich heute anders an, und das nicht nur, weil sie zu einem Treffen mit einem Paar unterwegs waren, das weit über ihrem derzeitigen Rang lag. Keri hatte Angst, Nasenbluten zu bekommen. Es waren die glitzernden Lichter der eleganten Kronleuchter über ihnen. Es war das seidige Gleiten des Stoffes über ihre nackte Haut – Jared hatte sie davon überzeugt, nicht nur auf den BH, sondern auch das Unterhöschen zu verzichten, damit es sich nicht abzeichnete. Aber vor allem war es ihr Gefährte, der neben ihr ging und dessen Ellbogen sie leicht anstieß, während sie sich an seinen Arm klammerte und die Finger in ihn krallte. Wie er es schaffte, so auszusehen, als wäre dieser Anzug seine normale Alltagskleidung, beeindruckte sie und erschreckte sie zu Tode.

Entweder hatte sie einen der instinktiv talentiertesten Schauspieler der Welt zum Gefährten genommen oder ... oder ... sie hatte keine Ahnung, was.

„Bist du okay?" Jared brachte sie vor dem Speisesaal der ersten Klasse zum Stehen. „*Wenn irgendwas nicht stimmt, bitte ... Wir müssen das nicht machen. Ich kann uns entschuldigen –*"

„Nein." So sehr sie es auch wollte. „Aber danke, dass du fragst."

Genug mentales Chaos. Sie war den ganzen Tag in einer verdammten Achterbahn unterwegs. Aber ihr Gespräch, bevor sie den Salon betreten hatten – es stimmte. Sie könnten sich verlieben, sie könnten das für ihre menschlichen Seiten und ihre Tiere schaffen.

Genieß den Moment, und kümmere dich dann um den Rest.

Sie küsste seine Wange und ging mit gestrafften Schultern und aufrechter Wirbelsäule weiter. Und wenn in ihrem Bauch noch Schmetterlinge tanzten? Na ja, vielleicht würden sie auch ein bisschen tanzen.

Jared war beeindruckt. Mehr als beeindruckt – es wurde wieder einmal glasklar, warum die Fedoras in der Position waren, in der sie sich befanden.

Macht war für einen Wolf leicht zu definieren. Charisma war schwieriger. Während ein starker Wolf einen herumkommandieren konnte, bedurfte es einer besonderen Persönlichkeit, damit die Leute jemandes Macht akzeptierten und ihm vertrauten und ihm trotz seiner Stärke gefallen wollten.

Mr. Fedora hatte Keri während des gesamten Essens

bezaubert und beruhigt. Von dem Moment an, als er aufgestanden war und ihren Stuhl zurechtgerückt hatte, hatten sie sich unbeschwert unterhalten, und das Gespräch war dahingeplätschert. Keine Erwähnung von irgendetwas, das als unangebracht angesehen werden könnte – wie die Tatsache, dass sie sich gerade gepaart hatten, auch wenn das für jeden mit einer Nase (abgesehen von ihm) nur allzu offensichtlich sein musste. Mrs. Fedora war genauso aufmerksam gewesen, und das Abendessen war wie im Flug vergangen.

Er fragte sich, warum er so viel Zeit abseits der Gesellschaft verbracht hatte, wo es doch so gute Leute gab. Obwohl seine Freunde – wenn er an das Café und die Anführer des Granite-Lake-Rudels dachte – vielleicht etwas weniger geschliffen waren, waren sie großartige Leute, mit denen er gern Zeit verbrachte.

Die Musik wurde lauter, und Jared stand auf, genau wie Mr. Fedora.

„Ich werde mit meiner Frau tanzen, aber zuerst?" Fedora drehte sich zu Keri um und reichte ihr die Hand. „Darf ich Sie um diesen Tanz bitten, junge Dame?"

Keris Wangen wurden rot. Ihr Blick schoss zu Jared, und das allein erfüllte ihn mit Stolz. Nicht, dass sie um Erlaubnis bitten musste, sondern dass sie seine Meinung hören wollte – und die Verbindung zwischen ihnen, die sich daraus ergab? Mann, diese Gefährtensache war sehr, sehr cool.

„Ich werde dich später sowas von bespringen ...", versprach er und grinste, als ihr Gesicht hochrot wurde.

Er wandte sich Mrs. Fedora zu, reichte ihr die Hand, und die vier betraten die polierten Bretter der leeren Tanzfläche.

Mrs. Fedora verschwendete keine Zeit. „Sie ist einfach ein bezauberndes Geschöpf. Du hast meinen Segen."

Jared lächelte. „Danke."

Ihr Lächeln wurde breiter. „Ihr Welpen seid alle gleich. Ja, mein Lieber, ich weiß, dass ich da kein Mitspracherecht habe, aber ich gebe euch trotzdem meinen Segen. Deine Mutter wird sie lieben. Keri hat dieses bisschen Stahl in ihrem Rückgrat, das es ihr leichter machen wird, mit den Medien umzugehen, wenn sie sich auf euch zwei einschießen." Sie hielt inne und sah ihm dann in die Augen. „Irgendwann wird es eine offizielle Party geben müssen. Ich meine, ich verstehe, dass eure Wölfe schon glücklich miteinander sind, aber es gibt gewisse Regeln, die befolgt werden müssen."

Er nickte und drehte sie sanft um, während er Keri im Auge behielt und hoffte, dass es ihr gut ging. „Ich weiß, aber bitte gib mir Zeit, Keri alles zu erklären. Das ist keine so ungewöhnliche Situation – Gefährten begegnen sich immer wieder aus heiterem Himmel, aber ich bezweifle, dass sie mit mir und dem Chaos, das meine Familie mit sich bringen wird, gerechnet hat."

„Aber eure Wölfe verstehen es. Sie kann damit umgehen." Mrs. Fedoras ausdrucksstarkes Gesicht veränderte sich. „Du hast dich auf deine etwas unorthodoxe Art vor der Welt versteckt. Vielleicht ist es an der Zeit, dass das ein Ende hat."

„Mach mir bitte keinen Vorwurf daraus – Mom und Dad waren diejenigen, die Alaska ausgewählt haben. Und es geht mir nicht darum, mich zu verstecken, nicht wirklich." Die eleganten Augenbrauen hoben sich erneut. „Okay, vielleicht ein bisschen, aber es hat funktioniert. Wir waren als Familie glücklich, weg vom Rampenlicht."

Sie neigte den Kopf und verstummte, und ihm wurde klar, dass das Verhör beendet war.

Wenn doch nur die Brosche, die ein Loch in seine Tasche brannte, wieder in ihrem Besitz wäre. Er drehte seine Tanzpartnerin herum, um sich die Tanzfläche anzusehen. Keri lächelte immer noch, eine Art glückliches, überwältigtes, aber dennoch positives Gefühl schlich sich in seine Richtung. Es waren jetzt mehr Tänzer um sie herum.

Perfekte Ablenkung. Er griff in seine Tasche, um das Juwel herauszuholen, und legte dann schnell seine Hand wieder auf Mrs. Fedoras Taille. Nur eine Sekunde später wurde ihm klar, dass seine Idee, ihr das Schmuckstück anzuheften und es sie „finden" zu lassen, eine schlechte war. Sie wäre niemals dumm genug zu glauben, sie hätte ein ganzes Abendessen hinter sich gebracht, ohne es zu merken.

Frustriert zog er seine Hand zurück und ließ die Brosche wieder in seine Tasche fallen.

Keri stolperte, und Mr. Fedora fing sie wunderbar auf. „Alles in Ordnung, meine Liebe?"

Sie nickte schnell und setzte ihr Lächeln auf, die Mundwinkel fühlten sich ein wenig zittrig an. Sie hatte gerade gesehen, wie ihr Gefährte ein Schmuckstück von Mrs. Fedoras Kleid entfernt und eingesteckt hatte. All ihre hoffnungsvollen Wünsche, dass der Diebstahl ein Missverständnis war, lösten sich auf.

Sie musste ihn vor sich selbst retten. „Hätten Sie etwas dagegen, wenn wir den nächsten Tanz mit unseren Gefährten tanzen?"

Pure Eleganz strömte von dem Mann aus, als er nickte

und sie sanft auf das andere Paar zu lenkte. Einen Moment später lag Keri in Jareds Armen, das körperliche Verlangen stieg, und die Frustration war nicht weit dahinter.

„Amüsierst du dich?", fragte er.

„Es war unglaublich."

Jared nickte und zog sie näher, während die Musik langsamer wurde. Sie nutzte den Vorteil und schob ihre Hand in seine Tasche, nahm den gestohlenen Schmuck in die Hand und holte ihn heraus, um ihn zu verstecken ...

Scheiße. Wo? Es gab nichts als eine dünne Stoffschicht, die ihren gesamten Körper bedeckte, und wenn sie ihn nicht in einer Körperhöhle verstecken wollte, konnte sie ihn auf keinen Fall lange behalten. Sie legte ihre Hand vorsichtig auf seine Schulter, den Daumen eingeklemmt, um das Schmuckstück zu halten, und ihre Hand bedeckte es ganz.

Unter dem Tisch fiel ihr Blick auf zwei Handtaschen, und sie hatte eine wirklich schlechte Eingebung. Sie musste das Juwel in die Handtasche der anderen Frau zurückstecken, und alles würde gut werden.

Jared schmiegte sich an ihren Hals, und sie schauderte.

Verdammte Wolfshormone, Kreuzfahrtschiffe und Diamanten. Alle davon, einfach verdammt, verdammt, verdammt.

Jared genoss das Gefühl, Keri ganz eng an sich gepresst zu spüren, das Wissen, dass er nur Millimeter von ihrer nackten Haut entfernt war. Es beruhigte seinen Wolf und machte ihn gleichzeitig heiß. Er passte seine Position an, und zwei Dinge passierten. Zuerst fing er einen winzigen Lichtblitz unter ihren Fingern auf. Dann klopfte er kurz auf seine Tasche und stellte fest, dass sie leer war. All seine Hoffnungen, dass sie nicht wirklich die Diebin war, verschwanden, und er bemühte sich, seine Traurigkeit zu verbergen.

Es hatte keinen Zweck. Sie versteifte sich, wahrscheinlich spürte sie seine Verärgerung. *„Stimmt was nicht?"*

Er antwortete nicht. Unter dem Tisch hatte er zwei Handtaschen entdeckt. Wenn er das Juwel einfach in die von Mrs. Fedora zurücklegen könnte, könnten sie den nächsten Teil des Gesprächs unter vier Augen führen. „Leider. Und um das zu ändern, brauche ich sie zurück."

Er drehte sie sanft herum und gab ihr Zeit, das, was er für die Brosche hielt, fester zu umklammern. Sie wirbelte herum, dann zurück, und er drehte sie zusammen, ihren Rücken fest an seiner Vorderseite. Er ergriff ihre Finger und schob beide Hände in seine Jackentasche.

„Lass sie fallen", befahl er. Keri wehrte sich für eine Sekunde, aber ihr musste klar geworden sein, dass alle Blicke auf sie gerichtet sein würden, wenn sie zu lange wartete. „Jetzt, bitte."

Ihre Finger öffneten sich, und sie bewegten sich weiter und glitten im Tanz auseinander. Er hielt ihr anderes Handgelenk fest im Griff, damit sie nicht entkommen konnte. Sie kamen wieder zusammen, und er presste sie an ihren Oberkörper, um sicherzustellen, dass sie gefangen war.

„Oh, Jared, warum?"

Sogar in seinem Kopf war ihre Frustration glasklar. *„Es muss getan werden."*

„Bitte gib sie mir, und ich verspreche ..."

„Es ist okay, ich habe alles unter Kontrolle. Über die Details können wir später sprechen. Sei nur sicher, dass ich

nicht zulassen werde, dass dich jemand verhaftet. Alles wird gut. Vertrau mir." Er steckte all seine Zuneigung in die Gedanken, all seine wachsende Liebe, denn so bizarr dieses Chaos auch war, er verliebte sich, und nichts konnte ihn davon abhalten, seine Gefährtin zu beschützen.

Die Spannung in ihrem Körper veränderte sich. *„Was soll das heißen, dass ich nicht verhaftet werde?"*

Die Musik wurde leiser, und alle standen einen Moment lang auf, um der Band zu applaudieren, bevor er ihr seinen Arm reichte, um sie zurück zu ihrem Tisch zu führen. Er hatte immer noch die Handtaschen im Auge und versuchte herauszufinden, wie er am besten an die Tasche gelangen konnte, die er brauchte. *„Ich meine es. Wenn die Brosche zurückgegeben wird, besteht kein Grund für eine Festnahme. Ich kann ... nun, ich habe Verbindungen."*

Keri saß hübsch da, obwohl Verwirrung in Wellen von ihr ausging. *„Das ist so verwirrend. Warum sollte ich verhaftet werden, weil ich versucht habe, ein von dir gestohlenes Juwel zurückzugeben?"*

9

———

Sie sagten außer höflicher Konversation nichts, entschuldigten sich bald und verließen den Saal. Keri hielt ihn am Ellbogen fest, hielt ihn vor einem der Konferenzräume an und gab den Zugangscode ein, bevor sie ihn beinahe in den Raum stieß. Sie machte sich nicht die Mühe, zusätzliche Schalter zu betätigen, sondern ließ sie im schwachen Sicherheitslicht stehen, das Schatten warf und dem Raum eine geheimnisvolle Atmosphäre verlieh.

Das wunderschöne Panorama vor der Fensterreihe mit Blick auf den glitzernden Pazifik und die Lichter der vorbeiziehenden Inseln wurde zur Kenntnis genommen und ignoriert.

Er lehnte sich mit der Hüfte an den massiven Eichenholztisch und sah so gut und lecker aus, und sie musste ihre Hormone zur Ordnung rufen.

Sie war angepisst – ein wichtiges Detail, das sie nicht vergessen durfte –, aber angesichts von zwei Metern köstlichem Gefährten war das wirklich sehr, sehr schwer.

Dann griff er in seine Tasche, zog die Brosche heraus und legte sie neben sich auf den Tisch. Selbst bei schwacher Beleuchtung funkelte das Ding so intensiv, dass, wenn Tessa hier gewesen wäre? Sie wäre sofort ausgerastet.

Keri zeigte darauf. „Das! Das gehört nicht dir."

Er hustete kurz. „Nun, genau genommen tut es das, aber auch nicht."

„Arghhhh!" Sie stapfte auf ihn zu, packte ihn am eleganten Revers und starrte ihm ins Gesicht. „Diese Brosche wurde als vermisst oder gestohlen gemeldet. Ich versuche hier, dir den Arsch zu retten, mein lieber Gefährte, also spar dir die kryptischen Antworten. Warum habe ich es in deinem Werkzeuggürtel gefunden?"

Sofortige Verwirrung. „In meinem Werkzeuggürtel? Ich habe die Brosche in deiner Schreibtischschublade gefunden und sie erkannt. Ich wollte nicht, dass du in Schwierigkeiten gerätst, also habe ich sie genommen, mit der Absicht –"

„Warte. Du hast sie in meinem Schreibtisch gefunden? Okay, gut. Ich will unbedingt wissen, warum du überhaupt in meinem Schreibtisch rumgewühlt hast, aber die Brosche war in der Schublade, weil ..." Keri machte eine Pause, der Wirkung wegen, „... ich sie in deinem Werkzeuggürtel gefunden hatte. Also bitte."

Jared schüttelte weiter verwirrt den Kopf. Sie war immer noch direkt an seinem Körper, und die Hitze zwischen ihnen wuchs. Während er sprach, schlang er fast geistesabwesend seine Arme um sie. „Aber ich habe sie nicht genommen. Wirklich."

Als sie ihm in die Augen blickte, zweifelte sie auf keinen Fall an seiner Aufrichtigkeit. Okay, vielleicht war ein lustgetriebener Wolf, der auf einem Hormon-High schwebte, nicht die beste Person, um die Wahrheit herauszufinden, aber das war alles, was sie hatte. „Wie ist sie dann in deinen Werkzeuggürtel gekommen?"

Sie blickten einander ins Gesicht, und während sie darüber nachdachten, glitten seine Finger immer wieder über ihre Schultern. Die ständige Bewegung beruhigte sie. Linderte ihr nervöses Zucken, während ihr eine Million Szenarien durch den Kopf gingen. Hatte jemand sie ihm untergeschoben? Sollten sie die Sicherheitsbänder aus dem Personalraum nochmal durchgehen?

Es traf beide im selben Moment.

„Das Bücherregal!", riefen sie gleichzeitig.

Er hob sie hoch und drehte sie herum, und sie lachte erleichtert. „Oh mein Gott, ich dachte, du steckst in einer Menge Schwierigkeiten, und ich müsste vor deiner Zelle sitzen und dir Erdnussbutter-Sandwiches oder sowas ins Gefängnis schmuggeln."

„Und ich dachte, du wärst in Schwierigkeiten ... aber das reicht. Wir haben beide Annahmen getroffen, und wir haben uns geirrt." Er setzte sie auf den Tisch und trat etwas zurück. „Wir kennen uns nicht – genau genommen sind wir erst einen Tag zusammen."

Keri nickte, und ein großer Seufzer der Erleichterung entfuhr ihr. Sie klammerte sich an seine Finger und weigerte sich, ihn entkommen zu lassen. „Also, nur, um dich zu beruhigen: Ich bin auch keine Diebin. Ich habe einen Abschluss in moderner Kunst – was bedeutet, dass ich normalerweise als Barista arbeite. Tessa hat mir diesen Job auf dem Schiff verschafft, damit ich ihr die Hand halten kann, während sie zum ersten Mal die Verantwortung trägt – sie ist die Betriebswirtin und hat mit Auszeichnung abgeschlossen. Wir sind schon seit Jahren befreundet, und dann haben wir zusammen gewohnt, obwohl sie einen anderen Studiengang hatte als ich."

Sein Lächeln war echt. „Das sind die besten Freunde.

Leute, die dich um deiner Persönlichkeit willen mögen, und nicht für das, was du *bist* ...”

„Total.” Sie hielt inne, während er sie küsste, stellte sich zwischen ihre Beine und hielt sich fest an ihrem Körper. Er nahm ihr Kinn in seine Hände und stahl ihr die Luft aus den Lungen.

Viel später hielt er sie fest, sprach aber neben ihrem Ohr. „Ich bin auch kein Dieb. Ich lebe in Haines, Alaska. Mom und Dad sind dorthin gezogen, um ihre Familie an einem schönen, ruhigen Ort abseits des Rampenlichts zu gründen. Sie und meine Schwestern sind vor ein paar Jahren in eines der anderen Anwesen der Familie gezogen, aber ich habe beschlossen, im Norden zu bleiben.”

Eines der anderen Anwesen?

Keri schob ihn zurück und sah ihn verlegen lächeln. „Sprich weiter.”

„Nun, der Familie geht es finanziell ... ziemlich gut.” Er nickte begeistert. „Ich arbeite, aber ich kann mich auch viel ehrenamtlich engagieren und ...”

Sie war keine Katze, aber dieses langsame Rinnsal an Nichtinformationen ging ihr auf die Nerven. „Jared? Was verschweigst du mir? Glaubst du nicht, dass Unwissenheit schon genug Ärger verursacht hat?”

„Auf jeden Fall, aber ich will dich nicht verunsichern.”

Sie lachte, schlang die Arme um seinen Hals und zog ihn für einen weiteren kurzen Kuss an sich. „Wenn du kein Dieb bist, kann mich nichts, was du sagst, aus der Fassung bringen. Sag’s mir einfach.”

„Schmuck. Meine Familie ist in der Schmuckbranche. Etwas von dem, was ich im Norden mache, ist das Reisen zwischen den vier Geschäften der Familie, die in Ferienorten entlang der Kreuzfahrtroute liegen. Ich helfe meinem Vater auch bei Skizzen für Layouts – wir arbeiten online. Diese Brosche? Ich habe sie erkannt, weil sie als Geschenk in Auftrag gegeben wurde. Mein Vater und ich haben sie vor ein paar Jahren als Geburtstagsgeschenk für die beste Freundin meiner Mutter entworfen."

Ihr Herz könnte einen Schlag ausgesetzt haben, was der Grund sein mochte, dass es in ihren Ohren so klingelte und sie Dinge hörte, die er unmöglich gesagt haben konnte.

„Deine Mutter und Mrs. Fedora sind ... beste Freundinnen?"

Er nickte langsam.

„Also ... bist du kein Dieb, weil du diese Brosche kaufen könntest?"

„Ich könnte diesen Kahn kaufen."

Sie musste umdenken. Er war in Sekunden vom Tellerwäscher zum Millionär geworden, und das Ergebnis war, dass sie nicht wirklich wusste, was sie sagen sollte.

„Okay."

Er beugte sich über sie, wo sie auf dem Tisch saß. „Okay? Das ist alles?"

„Nun, ich dachte, auf dem Tisch zu tanzen, wäre vielleicht eine übertriebene Reaktion. Als würde ich schreien, *Heilige Scheiße, ich hab' den Jackpot geknackt!*"

Er lachte. „Ich bin so froh, dass du nicht vor Angst davonläufst, wie ich befürchtet hatte."

„Angst?"

Er nickte. „Denn das Abendessen heute Abend? Das war sehr entspannt im Vergleich zu dem, was uns erwartet. Ich kann meine Eltern bitten, die Partys klein zu halten, aber es wird ein paar Veranstaltungen geben, an denen wir teilnehmen müssen, wie zum Beispiel eine Gefährtenparty für ein paar Familien- und Geschäftsfreunde."

Ein Schauer lief über ihre Haut. Vielleicht musste sie

sich Tessas Trampolin ausleihen und eine Weile hüpfen. „Von wie vielen Freunden reden wir?"

Er zuckte mit den Schultern. „Sechs? Sieben?"

Sie schnaubte, bevor ihr klar wurde, dass er nicht so wenige Leute meinen konnte. Ihr Mund wurde trocken. „Hundert?"

Sie hielt erwartungsvoll den Atem an. Die Pause war schlimmer als eine Antwort.

Na ja, nicht wirklich.

„Tausend."

Die in ihren Lungen angestaute Luft entwich keuchend, und sie ergriff die Flucht.

Er holte sie ein, bevor sie die Tür erreichen konnte, und hob sie über seine Schulter. „Weglaufen gilt nicht."

Keri lachte und schlug ihm auf den Rücken. „Lass mich runter! Kein Witz. Ich meine, oh mein Gott, das sind verdammt viele Leute, die uns alle beschnuppern wollen, aber solange du da bist, wird alles gut."

Jared ließ sie mit dem Rücken auf die Tischplatte sinken. „Im Ernst?"

„Im Ernst. Ich armes kleines Ding, kann mich mit dem Gedanken anfreunden, mich mit einem Millionär gepaart zu haben."

„Oh, du hast jemand anderen gefunden? Mit weniger Geld?"

Sie versetzte ihm einen Klaps auf die Schulter, während sie zusammen lachten. Dann rollte er sich mit ihr in die Mitte des Tischs und löschte jeden Gedanken an Diebstähle, Partys und Geld jeglicher Art aus. Ihr Kleid flog in die eine Richtung, sein Anzug in die andere, bis zwischen ihnen nur noch Haut übrig war.

Es war ein guter Tag gewesen. Ein verdammt guter Tag.

10

Jared starrte auf seine Kleider und fragte sich, ob er alle Pluspunkte einbüßen würde, die er am Vortag gesammelt hatte, wenn er vor seiner neuen Gefährtin wie ein Bierkutscher fluchte. „Ähm, Keri?"

Sie schlenderte nackt aus ihrem Badezimmer, und er bemühte sich, nicht auf den Teppich zu sabbern. „Ja?"

Konzentrier dich. „Erinnerst du dich, dass ich gestern nackt hier aufgetaucht bin?"

„Ich glaube nicht, dass ich es jemals vergessen werde." Sie zog die Schubladen auf, und er war wirklich abgelenkt, als sie sich bückte, um etwas aus der untersten Schublade zu holen, ihr nackter Po ihm zugewandt –

Oh Junge. *Konzentrier dich mehr.* „Ein Kollege hat meine Sachen für mich mitgenommen und zum Trocknen aufgehängt. Jemand war so nett, sie heute Morgen für mich hier abzugeben, zusammengefaltet und alles."

„Oh, das ist nett."

„Nein, ist es nicht."

Er hielt ihr den Stapel entgegen. Sie zog ein T-Shirt über ihren Kopf, bevor sie zu ihm ging. „Was ist damit?"

Vorn an seiner Jeans war eine große Beule – die hatte er schon früher gehabt, aber noch nie, ohne tatsächlich in der Hose zu sein. Und als Keri in seine Tasche griff, waren die mysteriösen Gegenstände, die sie herauszog und auf den Stoff legte, genau die, die er erwartet hatte.

Eine Handvoll Uhren, Halsketten und glänzende Diamantohrringe.

„Du hast einen sehr eleganten Schneider."

Jared schnaubte erleichtert. „Du bist nicht sauer auf mich?"

„Weswegen? Gutem Geschmack, was Jeans angeht?" Keri tätschelte seinen nackten Po, und sein Blutdruck schoss in die Höhe. „Die mit der abgenutzten Stelle im Schritt, die du getragen hast, als du an Bord gekommen bist? Macht mich heiß. Besonders der Teil hier ..."

Seine Kleidung und alles, was dazugehörte, fiel zu Boden, als er sie am Handgelenk packte, eine Sekunde nachdem sie *seine* Kronjuwelen gepackt hatte. Sie ergriff ihn sanft, und er schluckte schwer. „Jemand hat das Zeug da reingesteckt, um mich in Schwierigkeiten zu bringen."

„Natürlich. Und wir werden herausfinden, wer es war."

Jared stöhnte, als sie ihn weiter mit ihren Berührungen quälte. „Ich muss zur Arbeit. Keri, Liebes, hör auf. Du machst mich fertig."

Sie küsste seine Schulter und drückte ihn ein letztes Mal sanft, bevor sie sich seufzend zurückzog. „Ja, ich auch und du mich auch. Lass mich den Haufen Diebesgut zu Tessa bringen, und wir geben alles wieder den rechtmäßigen Besitzern zurück. Mach dir deswegen keine Sorgen."

„Tessa wird denken, dass du den Verstand verloren hast."

„Sie wird es verstehen. Sie ist eine Wandlerin – ich meine, sie ist eine Katze, aber sie versteht die Gefährtensache. Und du hast doch eine weiße Weste, oder?"

„Und ich könnte das Schiff kaufen?"

„Das auch ..." Keri sprang in seine Arme und klammerte sich wie eine Klette an ihn. „Ich weiß, ich habe Witze über deine finanzielle Situation gemacht, und ich bin nicht böse, dass du Geld hast, aber glaube nicht, dass das der Grund ist, warum du mich glücklich machst, okay?"

Er küsste ihre Nasenspitze und drückte sie an sich. Dann zog er sich an und sandte eine Bitte an alle an Bord befindlichen Gottheiten, dass die Zeit schnell vergehen möge, damit sie wieder zusammen sein könnten.

Allein. Er fügte *allein mit Keri* seiner Bitte hinzu. Denn es dauerte nur dreißig Minuten, nachdem er Keri verlassen hatte, um sich auf den Weg zu einem, wie er erwartete, schmutzigen und elenden Auftrag zu machen, bis er sie wiedersah.

Und sie war nicht allein. *Lass uns Jeopardy spielen. Ich nehme den am wenigsten wahrscheinlichen Anstandswauwau für tausend ...*

„Bist du bald fertig?"

Chad lehnte mit verschränkten Armen an der Wand und stand im Weg. Der Mann war nicht nahe genug, dass Jared ihm den Pümpel aufs Gesicht drücken konnte, aber der Gedanke war verlockend. „Funktioniert nicht. Sieht aus, als bräuchten wir eine Schlange."

„Warum holst du sie dann nicht?", schlug Chad vor.

Er würde es effizienter machen. Jared holte sein Handy

heraus und schrieb schnell eine SMS. „Ist in einer Minute hier."

Chad runzelte die Stirn. „Wirklich?"

„Wirklich. Das nennt man delegieren, Chad. Solltest du auch mal versuchen. Ich bin hier, ellbogentief in einem Auftrag, also wird einer der Jungs, die gerade nichts Besseres zu tun haben, bringen, was wir brauchen. Wie lange arbeitest du eigentlich schon auf diesem Kahn?"

Okay, er war nicht mehr so höflich wie am Tag zuvor. Aber zu wissen, dass dieses Arschgesicht Keri angemacht hatte, ließ Jared das Fell zu Berge stehen, was in seiner menschlichen Gestalt ein wirklich unangenehmes Gefühl war.

„Das ist meine sechste Reise. Ich habe fünf mit Tessas Bruder gemacht. Das war ein Mann, der wusste, was Führung ist."

Nicht, wenn er dich nach der ersten Tour noch viermal mitgenommen hat. „Tessa scheint einen großartigen Job zu machen."

„Sie ist ein Mädchen."

Jared sagte nichts, aber sein Gehirn schrie: *Großartige Beobachtung, du Genie!*

Chad brauchte keine Ermutigung. „Diesen Typ Frau wird's immer geben. Die den Job bekommt, weil sie zur Familie gehört, du weißt schon. Ein bisschen Hüfte schwingen, und dann *puff!*, hat sie den Job, den jemand haben sollte, der kompetenter ist."

„Wirklich. Wolltest du den Job?"

Chad lachte. „Ich? Nahhh. Ich liebe es, hinter den Kulissen zu koordinieren. Arbeit an vorderster Front war Tonys Ding. Er war gut darin. Er sollte zurückkommen."

Jared würde keine Zeit verschwenden, um zu

antworten. Der Typ hörte offensichtlich nur seine eigene Stimme.

Es war still im Raum, abgesehen vom Geräusch des schwappenden Wassers, als er an der verstopften Toilette arbeitete.

Wer hätte gedacht, dass er in den Sommern, die er mit dem Poolpersonal verbracht hatte, so viel über Klempnerarbeiten gelernt hatte? Das Leben war wirklich eine Ausbildung.

Hinter ihnen öffnete sich quietschend die Tür, und als er Keri eintreten sah, war er sofort begeistert, gefolgt von einem schnell unterdrückten Drang einen Mord zu begehen, als Chad sich von der Wand löste und sich ihr in den Weg schob.

Und stehenblieb.

„Heilige Scheiße, du riechst nach ihm." Chad zeigte auf Jared. „Du hast mir die kalte Schulter gezeigt, um einen Typen aus dem Wartungsteam zu bumsen?"

Keri stemmte beide Hände in die Hüften und starrte ihn böse an. „Du stehst mir im Weg."

„Im Ernst, Keri? Wirklich?" Chad trat zur Seite, sprach aber lauter. „Die ganze Zeit hast du diesen Straßenköter mir vorgezogen?"

Jared sah aufmerksam zu, nur um sicherzugehen, dass er, falls Chad etwas Unangemessenes tun sollte, dem Wichser den Kopf abreißen könnte. Und weil er aufmerksam war, sah er alles wie Poesie in Bewegung. Keri ging genau so an Chad vorbei, dass ihre Hüfte ihn im perfekten Winkel traf und ihn in den Raum stieß, der mit Überlauf aus der verstopften Toilette geflutet war.

Zwei weitere vorsichtige Schritte brachten sie sicher über die Rohrleitungen am Boden, dann trat sie hinter sich, wie ein Hund, der sein Geschäft beendet hat, und Jared presste die Lippen aufeinander, um nicht vor Lachen zu brüllen.

Sie hielt ihm die Metallschlange entgegen, die er brauchte, um die Rohre freizubekommen. Das süße Lächeln auf ihrem Gesicht zeigte ihm, dass sie damit zufrieden war, Chad ganz allein in die Schranken gewiesen zu haben.

„Hier, bitte. Ich war auf dem Weg hierher und dachte, ich komme vorbei, um Hallo zu sagen."

„Hallo."

Um Jareds Füße herum war schmutziges Wasser, ein unangenehmer Geruch lag in der Luft, aber Chad auf seinem Hintern sitzen zu sehen und wie ihr Gefährte sie anlächelte, machte den Moment verdammt angenehm. „Ich werde dich nicht küssen. Nicht jetzt."

Jared schüttelte den Kopf. „Heb den Kuss für später auf. Hast du einen guten Tag?"

Bevor sie antworten konnte, erklang hinter Keri ein Knurren. Chad rappelte sich laut fluchend auf.

Jared lehnte sich zur Seite. „Ich kann mir vorstellen, dass es in den Arbeitsbeziehungen auf Kreuzfahrtschiffen Regeln für diese Art von Ausdrucksweise gibt. Wenn du so weitermachst, muss ich möglicherweise eine offizielle Beschwerde einreichen."

Chad schnippte mit den Fingern, und überall spritzte schmutziges Wasser. „Ihr zwei verdient einander."

Er drehte sich um und verließ die Kabine, seine Jeans war klatschnass.

Keri seufzte. „Tut mir leid, ich glaube, ich hätte das nicht tun sollen."

„Nun, es ist nicht so, dass ich Angst habe, gefeuert zu werden. Er ist ein Arsch. Mach dir keine Sorgen seinetwegen."

Sie nickte, als sie eine trockene Stelle auf einer der Werkzeugkisten fand. „Trotzdem, es sei denn, du ..." Plötzlich wurde es ihr klar. „Hey, warum bist du heute Morgen überhaupt wieder zur Arbeit gegangen? Du hast recht. Es ist nicht so, dass du den Job brauchst, und du musst nicht mehr so tun, als wärst du Mark. Tessa hat kein Problem damit."

Jared zeigte kurz auf die Tür. „Chad würde wahrscheinlich versuchen, mich wegen Identitätsdiebstahls oder sowas verhaften zu lassen. Außerdem ist das Wartungsteam nicht gerade groß, und wenn ich mich ausklinke, werden sie überlastet sein. Die letzten fünf Tage schaffe ich auch noch."

Wärme breitete sich in ihr aus. „Du bist wirklich einer der Guten, nicht wahr?"

„Obwohl ich Geld habe, meinst du? Ja, ich denke schon. Ich mache nur, was ich mir von anderen auch wünschen würde."

„Meine Bemerkung hatte nichts damit zu tun, dass du Geld hast. Ich glaube, ich mag dich, Jared Gilliland."

Während er die Schlange in den Abfluss schob, hielt er inne und schenkte ihr sein strahlendes Lächeln. „Ich mag dich auch, Keri Smith."

Er starrte sie einen Moment lang an, und sie konnte seinen Blick auf ihren Lippen und ihrem Körper spüren. Wie ein Laserstrahl, der sie erhitzte. „Hör auf damit."

„Ich kann nicht anders. Wenn du das Anschauen meinst. Du hast einfach ..." Er wandte seinen Kopf ab. „Mein Wolf hilft nicht gerade. Wir brauchen Zeit zum Laufen. Wann legen wir das nächste Mal an?"

Allein die Erwähnung des Laufens ließ etwas in ihr einen Sprung machen. „Ketchikan. Wir legen morgen früh gegen sieben an und legen um zwanzig Uhr wieder ab."

„Dann haben wir ein Date? Ich habe morgen die Nachmittagsschicht. Kann ich dich dazu einladen, morgen früh mit mir die Insel zu erkunden?"

„Hört sich wunderbar an."

Sie schlang die Arme um ihre Beine und schwelgte in ihrem Glück. Ihr Wolf hörte auf, schmutzige Vorschläge zu machen, wie sie ihren Gefährten verführen könnte, und brüstete sich stattdessen damit, sich für einen so guten Gefährten entschieden zu haben. *Ja, ja, du weißt alles.*

Ihr Wolf stimmte vollkommen zu.

„Hast du Tessa das gestohlene Zeug zurückgebracht?"

Sie nickte, dann wurde ihr klar, dass er sie nicht sehen konnte, da er ihr den Rücken zugekehrt hatte, um weiterzuarbeiten. „Zum ersten Mal seit langer Zeit habe ich sie so richtig wütend gesehen. Sie ist ziemlich angepisst darüber, dass jemand es wagen würde, meinem Gefährten diese Diebstähle in die Schuhe zu schieben."

„Warte, da wussten die Leute doch noch nicht, dass ich dein Gefährte bin, oder?"

„Nein, aber sie ist trotzdem sauer." Keri musste lächeln. „Es ist witzig. Zu Beginn dieser Reise habe ich mich gefragt, ob ich die ganze Zeit Tessas Hand halten müsste, aber je mehr Anforderungen an sie gestellt wurden, desto besser hat sie der Herausforderung standgehalten."

„Sie hat die Ausbildung, oder? Du hast gesagt, sie hat ihren Abschluss mit Auszeichnung gemacht, nicht wahr?"

„Ja. Sie hat die nötigen Fähigkeiten, nur vergleicht sie sich ständig mit ihrem großen Bruder, der so etwas wie Mr. Perfect ist. Dieser Typ ist verrückt. Es ist nicht seine

Schuld, dass er in allem, was er tut, gut ist, aber das ..." Sie wollte Tessa gegenüber nicht illoyal wirken.

Jared zog die Schlange hart zurück und zog etwas durch die Rohre. „Macht es schwer für die, die nach ihm kommen? Ja. ich kann mir das vorstellen. Gerade in Wandlerfamilien kann es hart sein. Obwohl Katzen normalerweise weniger auf diese ‚Ich habe größere Reißzähne als du'-Nummer stehen."

„Tony steht überhaupt nicht auf Weitpissen. Er ist dieser große, freundliche Schmusekater, was meiner Meinung nach einer der Gründe dafür ist, dass er als Kreuzfahrtkoordinator so gute Arbeit geleistet hat. Alle mochten ihn und haben deshalb gern hart für ihn gearbeitet."

Jared zog wieder an der Schlange und kam etwas weiter voran. „Was ist dann mit Chad? Er scheint nicht der Typ zu sein, der Tonys bester Kumpel wäre. Chad ist das Gegenteil eines Überfliegers."

Noch ein Ruck. Und noch einer. Keri sah fasziniert zu, wie er arbeitete. „Nein. Du hast vollkommen recht. Tony hat ein zu weiches Herz, um Chad in den Arsch zu treten und ihn rauszuwerfen. Aber um ehrlich zu sein, klingt es so, als ob die Art und Weise, wie Chad auf dieser Reise mit dir umgegangen ist, das erste Mal war, dass er wirklich die Grenze überschritten hat. Weißt du, sich wie ein Arschloch aufgeführt hat."

„Oh, ich bekomme eine Sonderbehandlung? Wie wunderbar."

Keri schnaubte, das Geräusch steigerte sich zu einem überraschten Schrei, als Jared ein letztes Mal zog und das feststeckende Objekt in Sicht kam.

Ein großer, triefender, Plüscheisbär mit ausgefranster Schnauze starrte die beiden verloren an, während sie lachten. Diebstahl und die bösen Freunde von Tonys Bruder waren in diesem Moment vollkommen vergessen, denn in diesem Moment wuchsen sie ein Stück weiter zusammen.

~

JARED LEGTE seine Schnauze auf Keris Rücken, beide atmeten immer noch schwer, weil sie einander durch den Wald gejagt hatten, der die Berge hinter Ketchikan überzog. Sie hatten eine kleine Lichtung gefunden, mit Blick auf die Stadt, die Straße und die farbenfrohen quadratischen Häuser, die in Stufen auf dem steilen Hang gebaut waren.

„Das war perfekt. Und genau das, was ich gebraucht habe", schnurrte Keri fast, als sie es sich bequemer machte.

Selbst in ihre Gedanken zu sprechen war für ihn mehr Aufwand, als er betreiben wollte. Faule Zufriedenheit strömte durch jeden seiner Muskel, die Morgensonne tauchte sie in Wärme. Der Hafen lag unter ihnen, nicht nah genug, um den Lärm von Stimmen und Rädern am Kai zu hören. Drei riesige Schiffe hatten angelegt, und ihre Passagiere strömten wie eine Invasion durch die kleine Stadt.

Und jeden Tag wiederholte sich dieselbe Invasion, aber im Gegensatz zu den Wikingern oder Goten brachten diese Invasionen den Menschen, die auf der abgelegenen Insel lebten, Energie und Geld.

Er würde den Norden schrecklich vermissen, wenn sie gingen, und plötzlich musste das ein Teil dessen sein, was er mit ihr hatte. *„Keri – wir können leben, wo immer wir wollen, das weißt du, oder?"*

Sie erschauerte unter ihm. *„Ich höre die Worte, aber die Bilder sehe ich noch nicht richtig."*

„*Ich verstehe. Und ich dränge dich nicht, aber du musst wissen, dass ich das hier wirklich liebe. Die Wildnis und die kleinen Städte. Die Möglichkeit, innerhalb von fünf Minuten nach dem Verlassen meines Hauses zu wandeln und vollkommen wild und frei zu sein – wenn du diese Art von Freiheit nur im Urlaub erlebt hast, kannst du es vielleicht nicht verstehen, aber das hier ist Zuhause für mich.*"

Sie rollte sich auf den Rücken, und sein Wolf bebte, während er das Freudengeheul unterdrückte, das entkommen wollte. Dann wand sie sich und leckte seine Schnauze, und er war noch fassungsloser.

„*Ich habe kein Zuhause. Keinen Ort, der mich dazu ruft, an Feiertagen und bei besonderen Anlässen zu kommen. Du bist mein Gefährte, und obwohl ich Gespräche darüber führen möchte, was in unserem Leben passiert, bin ich im Moment zu glücklich, um zu überlegen, worüber ich mich beschweren sollte. Ich bin ein Wolf, Jared. Ich mag Erde unter meinen Pfoten und die Sonne, die mein Fell wärmt. Wenn du im Norden leben möchtest, bin ich damit einverstanden. Wenn du mich an teure Orte in Europa bringen willst, muss ich das nur ertragen.*"

Sie schmiegte sich ganz weich an ihn, und er starrte zufrieden über das Wasser. Sie beobachteten das Geschehen gut zwanzig Minuten lang, und Jared genoss jeden einzelnen seiner tiefen Atemzüge, die es ihm ermöglichten, seinen Kopf mit immer mehr von ihrem Duft zu füllen.

„*Zu komisch. Schau.*"

Keri bewegte eine Pfote in Richtung Hauptstraße.

„*Pfoten sind nicht gut als Finger. Was willst du mir zeigen? Warte. Knutscht dieser Chad mit jemandem rum?*"

Keri lachte. „*Oh wow, das ist Eden vom Housekeeping.*

Soweit ich gehört habe, steht sie total auf ihn. Chad hat sich vor einiger Zeit zwischen den Reisen bei Tony über sie beschwert, und Tessa erwähnte, dass das auch auf dieser Reise passiert."

Jared beobachtete den Beinahe-Sex an einer Wand in einer Seitenstraße. „*Er scheint sich nicht mehr zu beschweren."*

Er wurde ein bisschen erregt. Es hatte nichts mit Chad zu tun – igitt, igitt und dreifach-igitt –, sondern eher mit der Tatsache, dass er sich vorstellte, wie er Keri in derselben Position an die Wand drücken und selbst ein bisschen die Sonne anbeten könnte. „*Ist dein Wolf glücklich? Sollen wir schnell etwas zu Mittag essen?"*

Keri war aufgestanden und rannte den Weg hinunter zu der Stelle, wo sie ihre Kleidung versteckt hatten. „*Ich sage, wir lassen das Mittagessen ausfallen und haben stattdessen Sex, bis Zeit für deine Schicht ist."*

Als sie den Hang hinunter sprinteten, konnte er sein unglaubliches Glück nicht fassen. Er liebte es, ein Wolf zu sein. Liebte es, eine Gefährtin zu haben.

Und ein Stelldichein zur Mittagszeit mit seiner Gefährtin? Oh ja ... er war sich sicher, dass er das auch lieben würde.

11

Tessa rümpfte die Nase, als sie die Handvoll Schmuck entgegennahm, die Keri ihr reichte. „Es ergibt einfach keinen Sinn. Ich habe ein paar der besten Nasen auf dem Schiff alle Mannschaftsquartiere durchforsten lassen, und es ist unmöglich, allein anhand des Geruchs herauszufinden, wer etwas gestohlen und versteckt hat. Und dass sie Jared unterzujubeln versucht haben, ist eine Sache. Aber jetzt versuchen sie es auch bei dir?"

„Darum weiß ich, dass jemand uns was anhängen will."

„Es macht mich wahnsinnig, wie sie es geschafft haben, mir immer einen Schritt voraus zu sein." Tessa bot ihr ein weiteres Stück Schokolade an.

Keri lehnte ab. „Wie das Koffein in diesem Zeug dich nicht die Wände hochgehen lässt, werde ich nie verstehen."

„Wer sagt, dass dem nicht so ist? Normalerweise bin ich halb-komatös."

Keri prustete und stand dann auf, als Jared auf sie zukam.

„Darf ich stören?" Er küsste sie auf die Wange, und Keri seufzte wie ein verliebtes Schulmädchen.

Tessa zog eine Augenbraue hoch. „Du scheinst in der Lage zu sein, alles zu tun, was du dir vorgenommen hast – einschließlich, meine gut laufende Kreuzfahrt ins Chaos zu stürzen."

Jared schüttelte langsam den Kopf. „Du leistest großartige Arbeit. Alle berichten begeistert, die Gäste und das Personal, also entspann dich und genieß den letzten Tag."

Keri sah zu, wie Tessa sich tatsächlich entspannte. „Wirklich?"

„Natürlich. Für die Kreuzfahrt gibt es nichts als Lob. Und die einzige Erwähnung, dass irgendwas Seltsames mit Schmuck passiert ist, kam von ein paar Frauen, an denen ich vorbeigekommen bin und die über den ‚Reinigungsservice' des Schiffs geschwärmt haben, was auch immer das ist."

Tessa hüpfte. „Juhu! Es hat funktioniert."

„Was hast du gemacht, Mädchen?", fragte Keri und schmiegte sich in Jareds Arme, um ihn kurz zu umarmen.

„Ich hatte den Geistesblitz, die Sachen reinigen zu lassen, bevor ich sie zurückgeschickt habe, und habe mir diese Kärtchen ausgedacht: Kostenloser Glanzservice, damit auf dieser Reise nicht nur die Augen glänzen ... Die Karte ist hübsch gedruckt, aber ihr versteht, was ich meine. Als gäbe es einen Grund dafür, dass der Schmuck verschwunden war. Ich denke, es hat funktioniert."

Keri kicherte. „Nur auf einem Wandlerschiff ... ich würde das nicht auf einem Schiff voller menschlicher Passagiere versuchen. Ich denke, sie wären etwas misstrauischer."

„Oh, total." Tessa nickte. „Es macht Spaß, mit Wandlern zu arbeiten – solange nichts für immer verloren geht, sind sie cool. Ich bin immer noch genervt, dass ich nicht herausfinden kann, wer das Zeug klaut. Wir haben alle möglichen Wandler auf dem Schiff, also ist es nicht so, dass ich einen der Alphas an Bord bringen kann, um Antworten zu verlangen, bis wir herausgefunden haben, wer es ist. Außerdem ist das das Gegenteil von dem, was ich will – keine Hexenjagd, und es soll auch keine Inquisition geben."

„Wenn am Ende der Reise alles in Ordnung ist und es keine vermissten Stücke gibt, ist das dann überhaupt noch ein Problem?" Keri wollte wirklich nicht, dass es ein Problem darstellte.

Tessa hielt inne. „Ich kann es nicht einfach unter den Teppich kehren, Keri." Sie starrte zu beiden auf und schüttelte den Kopf. „Ich meine, ich weiß, dass ihr nicht die Diebe sein könnt, denn, hallo, ihr habt mir alles sofort übergeben, als ihr es gefunden habt, aber es sieht immer noch schlecht aus. Und wenn wir den Schuldigen nicht identifizieren können, wird es bestimmt jemanden geben, der euch auch im Nachhinein weiter verdächtigt. Oder mich, eure Schuld vertuscht zu haben."

Sie hatte recht. „Dann müssen wir schneller schauen. Wir haben noch ein paar Stunden, bis wir anlegen. Du brauchst mich für nichts anderes?"

Tessa schüttelte den Kopf, als sie einen weiteren Schokoriegel auspackte.

Jared nickte. „Ich werde auch helfen, aber zuerst habe ich mich gefragt, ob du eine Antwort auf die Nachricht erhalten hast, die ich an mein Rudel geschickt habe."

Das Grinsen der Katze wurde wieder breiter. „Oh ja, eine. Ziemlich kurz, nur, dass er dich am Kai treffen würde. Jemand namens Kyle hat unterschrieben."

Sie spürte ihren Gefährten schaudern, und Keri drückte ihn etwas fester. „Jared? Bist du okay?"

Er nickte. „Ja, aber ich denke, ich werde dir eher früher als später meinen Alpha vorstellen."

„Oh."

„Keine Sorge, er ist cool, es gibt eine längst überfällige Unterhaltung, die wir führen müssen. Kyle ist Alpha geworden, nachdem meine Eltern die Stadt verlassen haben, daher weiß er von einigen Dingen nichts."

„Bist du in Schwierigkeiten?"

„Nein, auf keinen Fall. Nur ..." Der Summer an seinem Gürtel vibrierte, und Jared seufzte. Er warf einen Blick auf das Display und ließ Keri los. „So viel dazu, dass ich euch in den letzten Stunden helfen kann. Jemand kam zu dem Schluss, dass die Shuffleboard-Bahnen ein großartiger Ort wären, um ein paar Flaschen Seifenblasen fallen zu lassen. Es ist niemand vom Housekeeping erreichbar. Ich muss das aufräumen."

Er gab ihr einen Kuss auf die Wange und drehte sich um.

„Warte – ich komme mit." Sie folgte ihm, als er neben einem Wartungsschrank anhielt, das Schloss öffnete und einen gut gefüllten Wagen herauszog. Die Stiele von Mopp und Besen ragten über den Rand des ordentlichen Korbteils hinaus. „Ich habe sowieso keine andere Idee, als herumzusitzen und die Leute anzustarren. Es tut mir leid, ich war nicht gerade ein Problemlöser für uns."

„Alles wird gut. Wirklich."

Keri zog ihr Haar zurück und band es zu einem Pferdeschwanz. Es wehte erneut eine leichte Brise, die dieses Mal vom Land kam, und der Schub des Schiffes reichte aus, um die Flaggen an der Reling zu schnappen und flattern zu lassen, deren leuchtende Farben den Blau- und Grüntönen der Umgebung etwas Fröhliches hinzufügten.

Die Kinder hatten viel Spaß im Schaum. Nicht nur Kinder – auch ein paar ältere Katzen hatten ihre Tiergestalt angenommen, um mitzumachen. Sie rutschten über die Oberfläche, ihre vier Pfoten weit zur Seite gespreizt, um das Gleichgewicht zu halten.

„Das sieht nach einer Menge Spaß aus." Jared steckte zwei Finger in den Mund und pfiff laut. „Okay, alle runter auf die rechte Seite!"

Keri runzelte die Stirn. „Was machst du?"

Jared grinste. „Nun, ich muss saubermachen, aber nicht sofort, und solange sie von der Reling zum Innendeck rutschen, ist es doch sicher, oder?"

Keri sah mit Bewunderung zu, wie Jared die Gruppe von etwa einem Dutzend Kindern in eine sicherere Ausgangsposition brachte. Immer mehr Leute kamen, um zuzusehen, wie die Kinder mit Anlauf starteten und dann über die Bretter sausten, die nun gründlich mit einer dünnen Schaumschicht bedeckt waren.

Als sich Mr. Fedora in die Schlange einreihte, brach Jubel aus. Während er darauf wartete, dass er an die Reihe kam, unterhielt er sich mit den Kindern um sich herum.

„Was hat er vor?", fragte Keri.

„Ein bisschen Spaß haben? Nur, weil er eine wichtige Position innehat, heißt das nicht, dass er die einfachen Dinge des Lebens nicht genießen kann." Jared nahm ihre Hand in seine, und sie standen da und genossen die Sonne, die auf sie schien. Das Lachen und die Aufregung in der Luft ließen sie fast vergessen, dass eine Wolke über ihnen hing.

Fedoras Haltung für den Anlauf war großartig, aber nach drei Vierteln des Laufs verlor er seinen sicheren Stand, sehr zur Freude der Kinder, die lachten und auf ihn zu stürzten, um ihm auf die Beine zu helfen.

„Willst du es auch versuchen?", fragte Jared sie.

„Ich? Nahhh." Sie blickte nur auf das Deck und fragte sich, ob es schrecklich war, dass sie mitmachen wollte.

Er stieß sie nach vorn. „Nur zu. Es kann nichts passieren. Die Probleme sind später auch noch da, jetzt amüsier dich erstmal."

Sie stellte sich an. Kinder und Erwachsene, alle reihten sich ein, um über den Shuffleboard-Platz rutschen zu können. Eines der Kinder rannte mit ein paar zusätzlichen Seifenblasenflaschen in der Hand auf Jared zu, und Jared beugte sich vor, um etwas zu besprechen – wahrscheinlich, um die Oberfläche neu damit zu überziehen und sie noch rutschiger zu machen. Allein die Art und Weise, wie er dem Kind seine volle Aufmerksamkeit widmete, löste bei Keri Herzschmerz aus. Er hatte die Hände auf die Schenkel gestützt und sein Gesicht ganz dem kleinen Welpen zugewandt, während sie sich ernst unterhielten.

Er war ein guter Mann, und Keri verliebte sich in ihn. Es war nicht genug, dass ihr Wolf besessen war, sie wollte auch, dass ihr menschlicher Geist ihren Gefährten liebte. Und mit jedem Tag, der verging, wurde sie zuversichtlicher, dass Liebe tatsächlich passieren könnte.

Passierte.

Jared schickte das Kind mit einer Flasche weg. Die Reihe der Wandler hielt inne, während der kleine Junge Flüssigkeit aus der offenen Öffnung der Flasche in einem Zickzackmuster über die gesamte Länge des Spielfeldes tröpfelte.

Eine Bewegung von rechts erregte ihre Aufmerksamkeit. Eden vom Housekeeping marschierte auf Jared zu und flüsterte so laut, dass man ihre Stimme, wenn auch nicht die genauen Worte, von der Schlange aus hören konnte.

Eden packte den Griff des Wagens und zog ihn zu sich heran. Jared legte eine Hand auf den Korbteil und hielt sie auf. Da entdeckte Keri das hübsche Etikett mit Edens Namen am oberen Rand des Korbs, und ihr kam ein schrecklicher, schrecklicher und doch wunderbarer Gedanke.

Jared gab den Kampf auf, hob die Hände in die Luft, und Eden drehte sich um und eilte davon, ihren Reinigungswagen fest im Griff.

Der kleine Junge, der das Seifenwasser verteilte, erreichte das Ende des Spielfeldes, drehte sich um und streckte kurz seinen Daumen nach oben, bevor er zu Jared zurückrannte.

Keri schob sich an den wenigen Wandlern vorbei, die vor ihr warteten. „Entschuldigung, Entschuldigung, Notfall."

Und mit einem zusätzlichen Geschwindigkeitsschub lenkte sie ihren Sprung so, dass sie als Erste auf die rutschige Fläche kam. Ihr Blick war auf Eden gerichtet, während die Frau mit ihrem Wagen vor ihr auf die Tür zu eilte, an der ein Schild „Nur für Personal" hing. Keri balancierte wie auf einem Skateboard und drehte sich einmal um die Achse, während sie sich bemühte, das Gleichgewicht zu halten. Hinter ihr erklang lautes, anerkennendes Gejohle. Die Wand der Innenkabine schoss an ihr vorbei, als sie auf ihr Ziel zuraste. Sie traf mitten ins Schwarze. Sie riss Edens Füße unter ihr weg, und der Wagen schlug so hart auf, dass er bei der Landung vom Boden abprallte.

Mopps flogen in die eine Richtung, Besen und Eimer in die andere.

Dann regnete eine Schicht Ohrringe, Halsketten und anderer glänzender Schmuck auf sie und Eden nieder.

12

Für ihn hatte sich der Kreis geschlossen. Jared lehnte sich auf der bequemen Couch zurück und sah sich im vertrauten Café um, während ihn etwas wie Staunen durchströmte. Auf der anderen Seite des Tischs stellte sein Alpha ein Tablett voller Kaffee und Gebäck ab. Jared konnte das verdammte Zeug immer noch nicht riechen, aber jetzt spielte es überhaupt keine Rolle mehr, denn er hatte seine Gefährtin an seiner Seite, ihre Füße unter seinen Oberschenkeln, während sie sich eng an ihn schmiegte.

„Ihr zwei wisst, wie man für Furore sorgt." Kyle ließ sich auf einen Stuhl fallen, bevor er Keri einen Becher reichte. „Ich dachte, ich hätte schon alles gehört, aber das war ..." Er schien nach einem richtigen Wort zu suchen.

„Unterhaltsam?", schlug Jared hoffnungsvoll vor.

Kyle schnaubte. „Besser, als deinen Arsch aus dem Knast holen zu müssen. Du bist ein viel komplizierterer Typ, als ich es mir je vorgestellt habe, Jared."

Auf der anderen Seite des Tischs beugte sich Tessa vor und nahm sich ein Schokoladen-Eclair, biss in die weiche

Glasur und stöhnte glücklich. Sie schluckte schnell, bevor sie die halb aufgegessene Leckerei auf ihre beste Freundin richtete.

„Du musst immer noch erklären, wie es dazu gekommen bist, dass du Eden so von den Beinen gefegt hast."

Keri richtete sich auf. „Wir hatten doch darüber gesprochen, dass Chad Jared vielleicht was anhängen wollte? Aber ich konnte mir keinen Grund vorstellen, warum er versuchen sollte, die Kreuzfahrt zu sabotieren. Ich meine, ich wusste, dass seiner Meinung nach dein Bruder das Kommando wieder übernehmen sollte, aber Tony ist nicht dumm, und obwohl Chad nicht der Cleverste ist, musste selbst er wissen, dass es keine gute Idee wäre, den Ruf des Schiffs zu ruinieren, wenn er seinen Freund bei Laune halten wollte."

Kyle hörte aufmerksam zu und rümpfte dann die Nase. „Also hat er mir nichts anhängen wollen? Kein abgekartetes Spiel?"

Tessa leckte sich die Fingerspitzen sauber, während sie den Kopf schüttelte. „Nun. Ein abgekartetes Spiel gab es. Seit mindestens drei Kreuzfahrten versucht Eden, Chads Aufmerksamkeit zu erregen. Mein Bruder und ich haben gehört, wie er über sie gesprochen hat, aber er hatte immer eine andere, mit der er zusammen war."

„Einschließlich Keri diesmal – das dachte er zumindest zu Beginn dieser Reise", neckte Jared.

„Gut, ja." Seine Gefährtin errötete. Dann kniff sie die Augen zusammen. „Du hast gut reden, mein Lieber. Du bist überhaupt erst an Bord gekommen, weil du vor den Brüdern einer Geliebten davongelaufen bist. Und du willst mir Chad vorwerfen? Vergiss es."

Jared grinste. Sie hatte recht. „Okay, weiter, erzähl uns den Rest auch noch."

Tessa zuckte mit den Schultern. „Eden hat gestanden. Sie wusste, dass, wenn irgendwas verschwindet, die beiden Bereiche, von denen die Diebstähle am wahrscheinlichsten begangen wurden, Housekeeping und die Wartung wären – die einzigen Gruppen, die leicht Zugang zu den Kabinen haben. Sie ging davon aus, dass Chad sie weniger verdächtigen würde, wenn sie mit ihm schlief. Nachdem er sich darüber beschwert hatte, dass er Jared nicht leiden konnte, war es ein einfacher Schritt, ein paar ihrer unrechtmäßig erworbenen Schätze an einem Ort zu platzieren, die ihn schuldig wirken ließ. Aber, Keri, du bist aus heiterem Himmel auf sie losgegangen. Warum?"

Keri schmiegte sich an Jareds Seite. „Ehrlich? Da gab es diesen Kunstraub, über den wir in einer Vorlesung gesprochen haben. Das Reinigungspersonal eines der großen Museen hat unbezahlbare Kunstwerke durch Fälschungen ersetzt und die echten Kunstwerke unbemerkt in ihren Wagen vor den Augen der Wachen weggekarrt. Als Eden sich so darüber aufgeregt hat, dass Jared sich ihren Reinigungswagen geschnappt hatte, habe ich mich gefragt, ob da vielleicht was drin war, wovon sie nicht wollte, dass es jemand findet."

Tessa hob eine Augenbraue. „Also, eine totale Vermutung deinerseits."

Keri nickte. „Bauchgefühl. Aber ja, so ziemlich."

Tessa zeigte ihr beide Daumen hoch. „Du bist ein echter Problemlöser."

Wilde Zufriedenheit legte sich über Jared. Keri hatte ihnen den Arsch gerettet, denn Fakten hin oder her, es wäre nicht leicht gewesen, seinen Eltern zu erklären, was auf dem Schiff passiert war.

Sie blieben für eine Weile, und alle unterhielten sich gleichzeitig – eine lockere Unterhaltung unter Leuten, die einander ehrlich mochten. Keris Hand ruhte auf seiner, und er streichelte zärtlich ihre Finger, während seine Gedanken rasten, als er darüber nachdachte, was sie am besten als Nächstes tun sollten. Ihnen stand wirklich eine Welt voller Möglichkeiten offen.

„Ahem."

Jared sprang auf. „Chad?"

Die übliche Überheblichkeit des Mannes war verschwunden, als er seine Mütze in den Händen hielt und Blickkontakt vermied. Er seufzte müde, dann bemerkte er Kyle, dessen Augen sich weiteten, bevor er höflich den Kopf senkte. „Tut mir leid, ich wollte nicht stören. Ich werde dich anruf–"

„Warte." Jared war sich nicht sicher, warum, aber er zog einen Stuhl vom Tisch hinter ihnen heran und bot ihn an. „Setz dich. Willst du einen Kaffee?"

Chad zögerte einen Moment, dann setzte er sich zu ihnen. Er sah zu Tessa hinüber und stieß einen weiteren dieser Seufzer aus. „Keinen Kaffee, aber ich schulde dir eine Entschuldigung, Tessa, und da ich vor anderen unhöflich war, sollte ich mich auch vor ihnen entschuldigen. Ich hatte keine Ahnung, dass Eden etwas so Bizarres tun würde. Ich hätte die Kreuzfahrt nie aufs Spiel gesetzt. Ich hoffe, du glaubst mir."

Tessa nickte langsam, sagte aber nichts.

„Du hast tolle Arbeit geleistet. Ich hoffe, dass du noch lange Freude daran haben wirst, das Schiff zu führen." Er stand auf und nickte, offensichtlich bereit, sich zu verabschieden.

„Danke", sagte Tessa. „Nur denke ich, dass ich das Schiff von nun an Tony überlassen werde. Ich werde ihm auf jeden Fall empfehlen, dich für die nächste Kreuzfahrt wieder anzuheuern."

Chad blieb der Mund offen stehen. „Wirklich? Meinst du das ernst?"

Tessa drohte ihm mit dem Finger. „Du bist ein großartiger Koordinator, Chad. Du darfst nur nicht Besatzungsmitglieder mobben, deren Nasen dir nicht gefallen."

Chad warf Jared einen verlegenen Blick zu. „Das tut mir leid."

Jared hob seine Tasse. „Vergeben und vergessen."

Keri drehte sich zu ihrer Freundin um. „Tessa, du hast nie ein Wort darüber gesagt, dass du beim nächsten Mal nicht mehr das Schiff leiten willst. Was ist los?"

„Du warst ein bisschen abgelenkt." Tessas breites Grinsen spiegelte sich in den Mienen am Tisch wider.

Ja, sie waren ein bisschen abgelenkt gewesen, aber wer könnte es ihnen verdenken? Selbst während er hier saß, sehnte sich Jared danach, wieder mit Keri durchzubrennen, einen privaten Ort zu finden und tagelang nicht wieder unter Leute zu gehen.

Diese Gefährtensache brachte das Leben viel mehr aus dem Gleichgewicht, als er erwartet hatte.

„Raus damit, Freundin."

Tessa wischte sich die Schokolade von den Lippen. „Ich kann das Meer nicht ertragen. Ich war die ganze Reise über immer am Rande der Seekrankheit, und das Einzige, was mich bei Verstand gehalten hat, war die Schokolade. Wenn ich kein 300 Pfund schwerer Puma werden will, muss ich mir einen Job an Land suchen. Das Schiff zu managen hat Spaß gemacht, und ich weiß, dass ich gute Arbeit geleistet habe, aber Tony kann den Job gerne wieder haben. Ich mache was, das besser zu mir passt."

Keri lachte. „Jetzt ergibt die Schokolade einen Sinn. Aber ... gut für dich. Ja, du musst das machen, was dich glücklich macht. Ich bin immer wahnsinnig stolz auf dich."

Tessa lächelte, und Jared entspannte sich.

Wenn Tessa nicht mehr auf dem Schiff arbeiten würde, wäre Keri vielleicht aufgeschlossen für einen kleinen Vorschlag, den er selbst hätte.

Er drehte sie zu sich um und senkte seine Stirn auf ihre. Er sprach leise, nur für ihre Ohren, während der Lärm fröhlicher Stimmen um sie herum dröhnte. „Traurig, dass du keinen Job mehr hast?"

Sie schüttelte den Kopf. „Ich kann nicht glauben, dass ich arbeitslos bin – zumindest haben sie mich nicht in Grönland abgesetzt."

Er war sich nicht ganz sicher, was das bedeutete. „Bedeutet das, dass du etwas Besonderes mit mir unternehmen kannst? Vielleicht dir hier im Norden einen schönen künstlerischen Job suchen?"

„Ich gehöre dir."

Die Worte waren einfach, aber in ihren Augen lag eine Unbeschwertheit, eine Art Freude und Glück, die sich schnell zu etwas steigerte, das seinen Körper in Flammen aufgehen ließ. *„Freut mich, das zu hören."*

Er ignorierte alle um sie herum. Ignorierte die Tatsache, dass sein Alpha ihn anstarrte und eine Menge unbeantworteter Fragen hatte. Ignorierte alles außer seinem Bedürfnis, eine Bindung zu seiner Gefährtin aufzubauen, denn in diesem Moment stand nichts weiter oben auf seiner To-do-Liste als „Keri um den Verstand küssen".

Und das tat er.

13

BONUSSZENE

New York City, drei Wochen später

Keri holte tief Luft und bemühte sich, nicht noch breiter zu grinsen.

Die vergangene Woche war wie im Märchen gewesen. Sie war von ihrem Gefährten nach New York entführt worden. Nicht nur sie, sondern auch ihre Eltern, die an allen möglichen Familienkennenlerntreffen teilgenommen hatten. Darunter eine wölfische Zeremonie, die nur einen Schritt von einer Hochzeit entfernt gewesen war, aber mehr als formell genug, um sie und ihre bodenständigen Eltern für eine Weile ziemlich nervös zu machen.

All das Geld. All diese *Macht* –

Zumindest war sie nervös gewesen, bis sie tatsächlich Jareds Familie getroffen hatte. Da hatte Keri endlich begriffen, dass der Charme und die Gutmütigkeit ihres Partners zur einen Hälfte genetische Veranlagung waren und zur andern auf Erziehung beruhten.

Wenn es eine entspanntere, mit einem silbernen Löffel im Mund geborene Familie gäbe, könnte Keri sie sich nicht vorstellen. Gerade jetzt, in diesem Moment, waren ihre Mutter und ihr Vater mit den Gillilands unterwegs und zogen irgendwo durch den Central Park.

Zumindest hatte Jared das gerade gesagt.

Keri warf einen Blick in den Spiegel, um ihn über die Schulter etwas genauer zu betrachten. Sie schüttelte den Kopf und beobachtete ihn genau, um zu sehen, ob sie das richtig gehört hatte. „Lass mich das klarstellen. Meine Eltern und deine Eltern schlendern durch den Central Park. In ihrer *Wolfs*gestalt."

Jared nickte. „Es ist natürlich eine bewachte Gruppe, aber mein Vater hat es geschafft, mit einem Reiseveranstalter was auf die Beine zu stellen. Das Einzige, womit sie sich abfinden müssen, ist, dass Menschen Fotos von ihnen machen und denken, dass sie ein Wolfsrudel sind, das aus dem Yellowstone Park zu Besuch ist." Er grinste. „Sie werden nicht glauben, wie viel Spaß es meinem Vater macht, seinen Wandler-Kunden Geschichten zu erzählen, nachdem er einen Tag im Park verbracht hat."

Sie fing wieder an, sich mit der Bürste durchs Haar zu streichen. Der Besuch in New York war so ganz anders, als sie erwartet hatte. Sie stellte erfreut fest, dass sie nicht nur die Familie ihres Gefährten, sondern vor allem ihren Gefährten genoss.

Drinnen grollte ihr Wolf zustimmend. *Mag ihn. Und Wolf ist sexy.*

Das brachte es genau auf den Punkt.

„Also, wenn unsere Mütter und Väter gerade auf einer Grünfläche herumtollen, worauf bereiten wir uns dann vor?" Sie dachte über die Aktivitäten nach, die ihnen in der vergangenen Woche Spaß gemacht hatten. „Wollen deine Schwestern uns irgendwohin mitnehmen? Ich mag sie übrigens. Du hast wahnsinnig nette Schwestern."

Jared verschränkte abrupt die Arme, doch er sah viel zu zufrieden aus, um wirklich verärgert zu sein, auch wenn seine Worte gespielt-genervt herauskamen. „Jilly und Julie wollen auf jeden Fall mehr Zeit mit dir verbringen, aber ich glaube nicht, dass ich es zulassen kann. Nicht, bis ich Munition gefunden habe, um sie davon abzuhalten, dir noch mehr Geschichten über meine vergeudete Jugend zu erzählen. Wie soll ich dein Held sein, wenn du weißt, dass ich mit zwölf Jahren nicht aus einem Clownskostüm rausgekommen bin?"

Keri hielt ihre Hände hoch. „Hey, schau mich nicht an. Du bist derjenige, der so frühreif war, so jung zu wandeln. Und Clownskostüm? Wag bloß nicht, jemals darüber nachzudenken, sowas wieder als Halloween-Kostüm zu verwenden."

Ein Anflug von Schalk ließ seine Augen glitzern. „Du magst keine Clowns?"

„Kein vernünftiger Mensch mag Clowns", antwortete sie. Sie stand auf und näherte sich ihm in bedrohlicher Haltung.

Offensichtlich nicht annähernd so bedrohlich, wie sie es beabsichtigt hatte, denn das Erste, was er tat, als sie in seine Reichweite kam, war, sie am Saum ihres Bademantels zu packen und sie für einen langen, leidenschaftlichen Kuss an sich zu ziehen. Einen, bei dem sich ihre Zehen zusammenrollten und ihr ganzer Körper pochte.

Einige Zeit später lösten sie sich voneinander und bewegten sich ganze fünf Zentimeter auseinander, was gerade genug Platz für sie war, um zu Atem zu kommen.

„Wenn du so weitermachst, werden wir verpassen, was auch immer wir heute vorhaben."

„Das geht nicht, weil wir die Ehrengäste sind." Er griff hinter sich und zog etwas aus seiner Gesäßtasche. „Apropos, Ehrengast, das ist für dich."

Keri nahm ihm die Schachtel ab und zögerte kurz, bevor sie sagte: „Jared, ich weiß, dass du reich bist und so, aber ich liebe dich auch so. Du musst mir nicht dauernd Schmuck kaufen."

Schmuckstücke, die mehr kosteten als die Miete für ihre Wohnung. Die Wohnung brauchte sie nicht mehr, weil sie gemeinsam eine Wohnung gefunden hatten. Zwei, um Himmels willen! Eine in New York in der Nähe seiner Familie und eine in Haines, damit sie offiziell Mitglieder des Granite-Lake-Rudels bleiben konnten.

Er drückte ihr einen Kuss auf die Wange. „Ich liebe dich auch, aber ich kaufe dir den Schmuck nicht, weil ich mir deswegen Sorgen mache. Ich schenke dir Dinge, weil ich einfach nicht widerstehen kann. Aber in diesem Fall ist es nicht meine Schuld. Das ist ein Geschenk vom Oberhaupt der *schottischen* Wolfsrudel. Oh, und als nette Dreingabe stammt es auch zum Teil von einer der einheimischen Familien hier in New York. Freunde meiner Eltern – ihr Sohn und sein bester Freund – haben mit dem Design zu tun, und ich möchte sehen, was du denkst."

Seine Erklärung faszinierte sie, also öffnete sie den Deckel der Schachtel, in der festen Erwartung, vom Schimmern von Diamanten oder anderen kostbaren Edelsteinen geblendet zu werden.

Was sie stattdessen fand, war etwas viel Robusteres, aber dennoch genauso Schönes. „Oh du meine Güte. Das ist wunderbar."

Sie nahm das Unikat aus der Schachtel, legte es in ihre

Hand und strich mit den Fingern über die geflochtene Kordel, die den Großteil des Armbands bildete. Filigrane Kupferstränge waren durch die Kordel geflochten und bildeten ein Mosaik von subtiler Schönheit, das dennoch irgendwie weich wie Seide war.

Jared zog es sanft aus ihren Fingern, öffnete den Verschluss und legte es um ihr Handgelenk. „Ich nehme an, es gefällt dir?"

Keri streckte ihren Arm aus und drehte ihr Handgelenk, damit das Licht von den feinen Kupferdrähten reflektiert werden konnte. „Ich liebe den Schmuck, den deine Familie macht, aber das hier sieht sowohl funktional als auch hübsch aus." Sie blickte zu ihm auf. „Hat es eine besondere Bedeutung?"

Er wackelte grinsend mit den Fingern in ihre Richtung. „Ich wusste, dass du es schnell verstehen würdest. Ja. Es ist eine Schmucklinie für Wandler, die zum Tragen in der Wildnis geeignet ist. Es hat nicht nur die gleiche verrückte Magie wie der Schmuck, den meine Familie herstellt, sondern passt sich beim Wandeln auch in der Größe an, alle Artikel dieser Linie lassen sich auch auseinanderwickeln. Das Armband hat genug Draht, um damit einen Unterstand zu bauen."

„Und der Kupfer? Installieren wir Elektrizität in winzigen Häuschen für Tiere in der Wildnis?"

„Wir könnten, wenn wir wollten", neckte er und griff an ihr vorbei auf die Kommode, um eine Schachtel zu holen, die sie nicht bemerkt hatte. „Und dieses hier lässt sich, wenn du es glauben kannst, zu einer Hängematte auseinanderrollen."

Sie öffnete den Deckel der zweiten Schachtel noch viel eifriger und holte scharf Luft, als eine schöne Halskette zum Vorschein kam. Diesmal bildete der Kupfer eine gleißende Sonne, die Kordel war viel komplizierter geflochten, aber immer noch angenehm weich auf der Haut. „Es wäre ein Verbrechen, etwas so Schönes zu zerstören, denn ich könnte es nie wieder in seine jetzige Form bringen."

„Das ist der Clou. Wenn du dich jemals dafür entscheidest, es zu verwenden, musst du den Draht anschließend nur zum Recycling einschicken, und du bekommst ein brandneues Stück."

„Das ist unglaublich und ergibt absolut keinen Sinn." Sie hob ihr Haar aus dem Nacken, damit er die Kette um ihren Hals legen und schließen konnte. „Wie soll das finanziell machbar sein?"

Jared schien ein wenig abgelenkt zu sein, drückte seinen Mund auf ihren Hals und blieb dort, neckte sie mit seinen Lippen und seiner Zunge. „Der Mann, der in die Produktionslinie investiert, meint, die hohen Anschaffungskosten bedeuten, dass es sich lohnt, und, hey, wer bin ich, mit einem anderen Milliardär darüber zu streiten, wofür er sein Geld ausgibt?"

Keri drehte sich in Jareds Armen und strich mit ihren Fingerspitzen über seine Schultern. „Ich hatte keine Ahnung, dass es hier in New York Wolfsmilliardäre im Dutzend gibt, sonst hätte ich schon viel früher eine Reise gemacht."

„Jim ist ein Bär", korrigierte Jared sie. „Und, weißt du, es spielt wirklich keine Rolle, wie viele Milliardäre durch die Straßen gehen – du hast schon den einzigen, den du brauchst."

Sie schmiegte sich an ihn, so natürlich wie ihr Atem, presste ihre Lippen aufeinander und beantwortete seine Bemerkung auf sehr eingehende und unterhaltsame Weise.

Ehe sie sich versah, führte eins zum anderen, was

bedeutete, dass sie tatsächlich etwas zu spät zur Versammlung kamen. Keri war etwas zerzauster als geplant, doch als sie an Jareds Seite umherging und ihre Finger mit seinen verschränkt waren, machte sie sich keine Sorgen deswegen.

Ehrengäste durften zerknittert aussehen.

Seine Schwestern winkten ihr von der gegenüberliegenden Seite des Gartens zu und sprangen auf und ab, um ihre Aufmerksamkeit zu erregen.

„Ich nehme nicht an, dass ich dich diesmal davon überzeugen kann, dich zu benehmen?", murmelte Jared, als sie näher an die Stelle kamen, an der zwei junge Frauen mit einem vornehm aussehenden älteren Herrn sprachen.

„Ich verspreche, dass ich genauso gesittet und brav sein werde wie jeder andere in deiner Familie."

Sein amüsiertes Schnauben reichte aus, um sie wissen zu lassen, dass er genau wusste, was sie gerade gesagt hatte.

Sie waren sofort umzingelt, der alte Wandler streckte Keri zuerst seine Hand entgegen, ergriff ihre und hob sie hoch, damit er ihr einen Kuss auf die Fingerknöchel drücken konnte. „Und da sind sie ja. Es ist eine Wohltat für das Herz eines alten Mannes, zwei junge Welpen so verliebt zu sehen."

Jared stellte sie einander vor. „Keri, ich möchte dir Sir William McGregor vom schottischen McGregor-Clan vorstellen. Er ist derjenige, der dir heute die Geschenke gemacht hat. Sir William, meine Gefährtin Keri Gilliland. Oder Gilliland in spe."

Es war definitiv ein Zeichen dafür, dass sie die ganze Woche über verdünnte Luft geatmet hatte, denn abgesehen von der Welle der Erregung, schaffte sie es, zu lächeln und höflich den Kopf zu nicken, anstatt ohnmächtig umzufallen. „Die Geschenke sind wunderbar, ganz herzlichen Dank! Aber ich denke, es ist noch aufregender, Sie kennenzulernen."

Die Augen des alten Mannes funkelten. Er drehte sich zu ihrem Gefährten um und legte ihm eine Hand auf die Schulter. „Jared, Junge. Bist du sicher, dass ich dich nicht davon überzeugen kann, nach Schottland zu ziehen? Ich würde den Clan am liebsten an einen Wolf übergeben, der so brillant ist wie du, und mir eine Gefährtin suchen, die so charmant und schön ist wie dieses Mädchen."

Jared lachte, als er seinen Arm um Keris Taille legte und sie an seiner Seite festhielt. „Vielen Dank für das Kompliment, aber Sie müssen einen anderen, genauso brillanten Wolf finden. Wir haben Pläne in Nordamerika."

Der Mann nickte und drehte sich dann mit einem schelmischen Lächeln zu Keri um. „Natürlich. Aber Sie können mich jederzeit besuchen kommen, mein liebes Mädchen."

Jared lachte. „Meine Eltern haben mich gewarnt, dass Sie mit Ihrem Charme die Vögel von den Bäumen locken, aber meine Gefährtin kann man mir nicht entlocken."

„Er kann es aber gerne versuchen", neckte Keri. „Ich schätze charmante Gentlemen. Offensichtlich."

Es folgte Gelächter, dann gingen sie weiter und nahmen an den Spielen des Abends teil, zu denen ausgerechnet Rasenbowling gehörte. Keri unterhielt sich mit Jareds Schwestern, bewunderte Kleider und Schmuck und lauschte den Geschichten von Sir William und anderen älteren Gästen. Jared blieb die ganze Zeit an ihrer Seite, und sie spürte, wie sie sich immer mehr in diesen großzügigen Mann verliebte, der sein Bestes tat, um sie immer zum Lächeln zu bringen.

Es war schon dunkel, als sie ihre Suite betraten, und die tanzenden Lichter der Stadt funkelten vor dem Penthouse-Fenster. Keri ignorierte alles andere und ging direkt zu ihrem Gefährten, schlang sich um ihn und drückte ihre Hände auf seine Wangen, um ihm einen langen, langsamen Kuss zu geben.

Einen Kuss voller Dankbarkeit und Glück, und all die wunderbaren aufschäumenden Emotionen, die sie erfüllten, seit sie wirklich wusste, dass sie seine war.

Jared legte seine Hände auf ihre Hüften und hielt sie fest, erwiderte ihren Kuss und schmiegte sich voller Zuneigung an sie, als sich ihre Lippen schließlich voneinander lösten. „Also ich weiß nicht, welchem Umstand ich das zu verdanken habe, aber es gefällt mir."

„Du bist nicht, was ich erwartet habe", gab sie zu. „Und das ist nicht deine Schuld, sondern meine, weil ich nicht mit beiden Beinen in der Realität stehe. Überall um dich herum ist Geld, es ist fast so, als wären die Wände damit tapeziert. Glänzend und schön, aber es würde nicht annähernd so schön aussehen, wenn es nicht um jemanden so Solides und Aufrichtiges herum wäre." Sie zog sein Kinn zu sich herunter, damit sie ihn weiterküssen konnte. „Ich bin so froh, dass mein Gefährte ein so wunderbarer Mann ist."

„Und ich bin froh, dass du meine Gefährtin bist."

Danach brauchten sie keine Worte mehr. Sie hatten eine ganz andere Sprache, in der sie kommunizierten, und das für eine lange Zeit.

EPILOG

Mark Weaver hatte genug Sinn für Humor, um die Ironie der Situation zu erkennen.

Er lehnte sich an die Wand des Rudelhauses und starrte auf die Versammlung von Wölfen, die selbst für Wandler-Verhältnisse übermäßig viel Lärm machten. Das wollte was heißen, wenn man bedachte, dass Wölfe von Natur aus normalerweise mit maximaler Lautstärke kommunizierten.

Sein Blick blieb für einen Moment in der Ecke des Raumes hängen, wo sich die älteren Mitglieder des Rudels hartnäckig an einer Reihe von Tischen und Stühlen festgehalten hatten, um die Musik und das Tanzchaos um sich herum zu ignorieren und Karten zu spielen. Dass sie sich inmitten des Trubels konzentrieren konnten, sagte viel über sie aus, oder vielleicht noch mehr darüber, wie sehr sich ihr Gehör verschlechtert hatte, doch Mark hatte nicht vor, darüber zu urteilen.

Sie amüsierten sich, und das war alles, was zählte.

Wenn er das nur auch für sich sagen könnte. Dass er sich amüsierte.

Er ließ wieder den Blick über die tanzende und

lachende Meute schweifen, während er noch einmal nach einem grünäugigen Monster suchte.

Ah, da war es, genau wie er es erwartet hatte. Nicht allzu weit entfernt, düster und mürrisch.

Sein Wolf schnaufte angesichts seiner Vorstellungskraft. *Nicht düster. Und kein Drache.*

Ich habe nicht von dir gesprochen, sagte Mark ihm. *Es ist ein ... feststehender Ausdruck.*

Ein weiteres Schnauben, dieses noch langmütiger, als sein innerer Wolf sich in einen Zustand ruhiger Akzeptanz ergab. *Dummer Mensch. Ich bin das einzige wilde Tier hier.*

Wenn Mark ehrlich war, hatte sein Wolf recht – in ihm brodelte tatsächlich ein Anflug von Neid, aber es war kein bösartiges, knurrendes, kratzendes Biest. Eher als hätte sein unzufriedener Drache sich niedergelassen und saß nun zusammengekauert da, die Schultern schmollend herabhängend, den Kopf auch. Das ganze Feuer in seinem Bauch erloschen.

Ja, das war Marks Version eines neidischen Narren. Eher wie ein *Ich wünschte, ich hätte das. Warum kann ich das nicht auch haben?*-Jammern, während er sein inneres grünes Biest bedauerte.

Sein Wolf tätschelte ihn beruhigend, während er seine Worte von zuvor wiederholte. *Dummer Mensch. Wir werden eines Tages eine Gefährtin finden, aber in der Zwischenzeit tun wir das Richtige.*

Der Clou daran war, dass Mark das wusste. Deshalb war das Lächeln, das er auf sein Gesicht zwang, fast aufrichtig, als die Gaststars des Abends auf ihn zu kamen. „Nochmal herzlichen Glückwunsch und willkommen im Rudel, Keri."

Er dachte darüber nach, seine Arme um die dunkelhaarige Brünette zu legen, die jetzt vor ihm stand, und sie kurz zu umarmen, nur um Jared zu provozieren, aber da sie gerade frisch gepaart waren und so, konnte es sein, dass Mark am Ende nur noch zwei blutende Stümpfe zurückzog, bevor er die Gelegenheit bekam, zu erklären, dass er nicht wirklich wilderte oder sonstwas Uncooles tat.

Stattdessen streckte er seine Hand aus.

Keri lächelte süß, als sie sie schüttelte. „Danke. Und du bist?"

Jared legte einen Arm um ihre Schultern und zog sie ein wenig besitzergreifend und ziemlich prahlerisch an seine Seite. „Dieser wunderbare Typ ist der Grund unseres Glücks. Der Mann, dem wir alles zu verdanken haben."

Mark schaffte es irgendwie, nicht mit den Augen zu rollen, beeindruckt, als Keri es schaffte, Jareds wenig informative Erklärung zu interpretieren. Ihre Augen weiteten sich. „Du bist Mark!"

„Der einzig Wahre."

„Nun, nicht wirklich der einzig Wahre", neckte Jared, „Weil es gleichzeitig zwei von deiner Sorte gab, wenn wir genau sein wollen –" Keri stieß ihren Ellbogen in seine Rippen, und Jared verstummte, aber sein breites Grinsen blieb.

Mark ignorierte alles andere und konzentrierte sich auf das Wichtigste. „Ich hoffe, ihr seid wahnsinnig glücklich miteinander. Und wann immer ihr in Haines seid, sagt mir Bescheid, wenn ich jemals was für euch tun kann."

Noch während er das sagte, legte sich Gelassenheit wie ein beruhigender Balsam über ihn. Das war er. Locker, entspannt.

Still vor sich hin leidend ...

Jared nutzte die Situation nicht aus, um ihn weiter zu drangsalieren, was Mark sehr zu schätzen wusste. Es war schon schlimm genug, dass er die Gelegenheit verpasst hatte, ein paar Wochen lang auf dem Kreuzfahrtschiff zu arbeiten. Während Jared und Keri sich auf eine Art Wolfs-Flitterwochen aufgemacht hatten, waren noch viele andere Dinge schiefgelaufen.

Keris Gesichtsausdruck wurde neugierig. „Ich danke dir für alles, was deine Abwesenheit unwissentlich herbeigeführt hat, aber ich gebe zu, ich bin neugierig. Warum bist du an diesem Tag nicht zur Arbeit gekommen?"

Wieder einmal befand sich Mark in einer Zwickmühle. Was er wirklich wollte, war, die Wahrheit zuzugeben, die ihn in den Augen einer schönen Frau in ein viel besseres Licht rücken würde. Denn selbst wenn sie und Jared zusammen waren, wäre es nie schlecht, wenn eine Frau über einen redete, als wäre man einer der Guten.

Aber die Wahrheit zuzugeben, würde bedeuten, jemanden, der ihm am Herzen lag, den Wölfen zum Fraß vorzuwerfen, jemanden, der unschuldig war und es verdiente, beschützt zu werden. Das war etwas, das Mark nicht tun konnte und wollte. Was bedeutete, dass er auf seine übliche Vorgehensweise zurückgreifen musste.

Sein Lächeln fest ins Gesicht pflastern und nichts über seine wahren Gründe sagen. Nicht wirklich eine Lüge, aber auch nicht die Wahrheit, was bedeutete, dass er wie ein Idiot dastehen würde. „Es ist was dazwischengekommen, und ich habe es einfach nicht geschafft. Aber, hey, die Katastrophe eines Mannes ist die Erfüllung des Traumes eines anderen."

Jared und Keri lächelten einander an, strahlend und viel zu freundlich für den dürftigen Scherz, den er gemacht hatte.

Sie nickte, er versetzte Mark einen gutmütigen Knuff

gegen die Schulter, dann machten sie sich auf den Weg zur nächsten Gruppe.

Mark sah ihnen nach, als sie weggingen. Der Drache des Neids legte seinen Kopf auf den Boden und stieß ein langes, dampfendes Schnauben aus, während das ganze Feuer im Inneren mit einem letzten halbherzigen Strom aus Rauch und Asche erlosch.

Das war zurzeit sein Leben, und das war's. Gefährten und Abenteuer würden warten müssen, während er sich um das Wichtigste kümmerte, das ihm geblieben war.

Doch eines Tages würde das Abenteuer an seine Tür klopfen.

Dessen war er sich sicher.

ÜBER DEN AUTOR

Mit über 3 Millionen verkauften Büchern ist Vivian Arend eine *New York Times*- und *USA Today*-Bestsellerautorin von mehr als 70 zeitgenössischen und paranormalen Liebesromanen.

Ihre Bücher lassen sich alle einzeln lesen und haben keine Cliffhanger. Sie sind witzig, aber auch emotional, es gibt heiße Szenen und glückliche Enden. Für Vivian ist das der beste Job der Welt. Sie lebt in British Columbia, Kanada, zusammen mit ihrem langjährigen Mann der Inspiration für alle Helden und einem bereitwilligem Gefährten auf Abenteuern aller Art.

https://vivianarend.com/de